ESQUISSE D'UN RETOUR

ERICH WOLFGANG SKWARA

ESQUISSE D'UN RETOUR

Traduit de l'allemand
par Françoise Toraille

Traduit avec le concours
du ministère de la Culture autrichien

Éditions Métailié
5, rue de Savoie, 75006 Paris
www.editions-metailie.com
2002

Titre original : *Versuch einer Heimkehr*

ISBN : 2-86424-427-6
ISSN : 1248-4695

Et nul
De mon front n'écartera ce triste
rêve

Friedrich Hölderlin

1

La simple habitude de revoir nuit après nuit la lumière du soleil ne nous prouve pas pour autant qu'il se lève le matin, disait notre professeur de mathématiques, il pourrait se faire que nous demeurions un beau jour dans l'obscurité, seule la vraisemblance s'oppose à cette idée. Il se risquait sur les chemins de la logique et ne nous atteignait pas. La classe riait, tant les pensées qu'il exprimait étaient coupées du réel, les vraisemblances nous suffisaient. Il y avait des lois naturelles, des lois universelles, qui nous rassuraient tout à fait. Le fils lui non plus n'avait pas besoin de preuves, il quittait l'école, rien ne le retenait. La plupart des gens perdent leur temps rien qu'en voulant apprendre quelque chose, disait le professeur d'allemand, ils finiront quand même dans la peau de petits négociants minables. Mais le professeur d'allemand avait la réputation d'être un esprit caustique, personne ne se sentait bien en sa présence, seul le fils faisait exception et l'aimait. Quoi qu'il en soit, le professeur d'allemand est mort prématurément d'une maladie horrible ; Dieu nous punit de notre vivant, dit la mère, et les bonnes actions ne sont récompensées qu'au ciel. Chacun était d'un avis différent, les phrases se dressaient comme les arbres de la forêt sous lesquels cheminaient des chuchotements secrets, des pensées interdites ; le fils devait y retrouver sa route. Il y avait bien sûr les chemins balisés qu'empruntaient les foules, ce n'étaient sans doute pas les voies les plus mauvaises, mais la contradiction croissait dans le cœur du fils. Il parcourait marécage, terrain sablonneux ou envahi par les ronces et ses traces s'effaçaient derrière lui. Il se retrouva ainsi et beaucoup trop vite "absent au monde", apprit par cœur des vers, comme ils venaient, le nombre démesuré de ces phrases se précipita sur les hommes, les saisit et les anéantit, grande marée effroyable. Le professeur de mathématiques n'avait rien de commun avec ses semblables, il jouait du piano, passant chaque jour trois heures devant son instrument, toujours prêt pour le concert qu'il ne donnerait jamais, il lui arrivait même de jouer et de chanter à ses élèves des extraits d'opéras de Wagner. Alors, le professeur de mathématiques n'était plus le même, sa voix de ténor était prise d'un tremblement triomphal, mais les élèves, eux, restaient les mêmes, la métamorphose n'était pas contagieuse. La classe éclatait de rire, lors de telles prestations le silence n'était jamais parfait, le ténor terminait son air dans la souffrance, l'accompagnant d'arpèges timides, en tout cas, seuls les méchants ne savent pas de chants, disait la mère, et le professeur était bon. Il aidait le fils qui refusait de penser selon les mathématiques à survivre sur le champ de bataille des systèmes algébriques, il lui lançait des notes salvatrices et si le fils réussit son baccalauréat, c'est sans doute seulement parce que le professeur lui avait dicté réponses et solutions. Tu n'as pas besoin de la science, lui avait-il dit un jour en le croisant dans l'escalier, pourquoi devrais-je te torturer avec, tu as d'autres aptitudes, tu as de la chance que je m'en rende compte. Tu feras autre chose dans la vie.

C'était une façon claire de dire que l'école était loin d'être la vie. Mais cette vie, quelle était donc sa durée, brève ou longue ? Aller chaque jour à l'école, en passant par des rues poussiéreuses et laides, c'était un effort, une contrainte assez pesants, qui aurait pu exiger en plus travail et même succès, la présence physique devait suffire. Ce cadre de vie épuisa très tôt ce fils, l'inconsciente conscience du temps le fatigua ; il ne resta guère de place pour la réussite, le but à atteindre. Un fardeau, non pas pour lui-même, mais pour ceux qui poussent la préoccupation jusqu'au ridicule et se noient dans les détails qui n'ont de sens que pour les bilans. Sur le chemin de l'école, on pouvait rêver que derrière le toit de plus d'une maison, on découvrait la mer.

Le professeur de mathématiques n'était pas le seul à être musicien, la mère l'était tout autant, elle pouvait chanter à mi-voix des dimanches entiers, rien que pour elle, souvent les larmes lui venaient aux yeux, elle avait un joli brin de voix. C'étaient des airs tristes, des banalités tirées d'opérettes qui laissaient le fils indifférent. Il blessait la mère en lui ordonnant d'un ton brusque de ne pas chanter de telles âneries. Elle pleurait alors sans retenue du manque de cœur de son fils unique incapable de comprendre la sensibilité de sa mère. « On peut tomber malade de sensibilité », disait-elle volontiers, le fils l'écoutait avec ennui, il pensait fièvre, cataplasmes. La mère aimait l'opérette, pays de ses souvenirs, tiédeur fadasse dans la parenthèse de l'entre-deux-guerres, enfance et jeunesse dans l'humilité la plus démunie, quand, à Vienne, la jeune fille parcourait à pied le chemin qui, de la Graumanngasse où vivaient les petites gens, empruntant la ceinture, la Mariahilferstrasse et le Ring, un trajet certes un peu compliqué, mais agréable, menait au théâtre de l'Urania. Elle économisait ainsi le prix du tramway pour s'offrir, à force d'accumuler les pièces jaunes, une place de cinéma ou même une entrée à l'Opéra comique. Au bout de cinq minutes, Bach l'ennuyait, toujours le même air, disait la mère, disait l'Autriche tout entière. Mozart est enjoué, Schubert sentimental, on vivait au pays de la musique, on savait de quoi il retournait. Mais à quoi bon parler de cela, l'art est un passe-temps et la vie réclame le sérieux des boutiquiers et des employés. Le fils, qui vivait dans les nuages, aurait beaucoup à apprendre pour faire son chemin dans la vie, disait la mère en guise d'avertissement. Il lui faudrait avant tout avoir les pieds sur terre. On vivait à Salzbourg, si cette ville qui est un décor de théâtre enseignait quelque chose, c'était que le regard risquait toujours de déraper, de s'écarter de son but. Cette ville si belle libérait complètement ses habitants de la peur de l'échec. Métamorphose blasphématoire, amour de la banqueroute, et dans ce glissement mille fois imposé de la perfection au mauvais goût la nostalgie croissait.

Sur le tapis volant de son désir d'horizons lointains, le fils ne supportait pas les faubourgs. La chaîne des montagnes, charmante ou tragique, ne séparait que plus douloureusement du Sud, de Florence et de la Toscane, d'accomplissements tentés ou esquissés à Salzbourg qui ne parvenaient pas pour autant à se réaliser. Cela ne dépendait pas seulement des architectes, mais aussi des éléments humains de l'édifice. Les maisons des faubourgs, éléments indissociables de la scène principale, étaient inlassablement grises, brunes ou jaunes, avec des vitres sales. Les gamins des rues y traçaient de leurs doigts excitants des paroles obscènes. Les détritus tourbillonnaient sur les trottoirs, même si dans cette ville tout ce qui se voyait était chaque jour nettoyé. Pourtant rien ne brillait. Dans les arrière-cours, les femmes battaient des tapis de médiocre qualité, faisant de grands moulinets de bras comme pour administrer des corrections d'un cœur haineux. Le fils méprisait leur force physique. Il avait peine à imaginer ces femelles la nuit dans les bras de leurs maris. Mais les hommes ne pouvaient pas davantage être des amants. Son dégoût des corps des femmes était si grand qu'il décida de ne jamais toucher une fille de sa ville. Le samedi, des seaux d'eau entouraient les voitures en stationnement, c'était le moment où juges et procureurs, médecins, directeurs de banque et proviseurs de lycées lavaient leurs autos, les lustraient pour économiser les quelques schillings qu'on leur aurait réclamés à la station-service. De la sorte, on gagnait en richesse et perdait en dignité. Bientôt, pour le fils, être économe signifia brader la dignité humaine. Ce concept imprécis le troublait, il vivait dans le pays qui permettait le moins de comprendre et d'éprouver ce terme. Ici tout, même la dignité humaine, devenait synonyme d'esprit de classe et de caste, il fallait s'éloigner à toutes jambes, fuir au plus vite, mais le fils était un enfant livré jusqu'à nouvel ordre sans défense à son pays natal.

Tout près de l'appartement neuf dans lequel on s'était installé peu de temps auparavant se trouvait la gare. On avait quitté la maison patricienne vieille de sept siècles où il avait passé son enfance, en plein centre-ville, la mère y avait été locataire pendant plus de trente ans, on était désormais propriétaire de l'appartement que l'on habitait. On était inscrit au cadastre, finie la période où l'on était seulement toléré, la mère soulignait la différence. Dans l'immeuble neuf vivaient quelques centaines de personnes, plus de soixante familles, dans la cave des couloirs se ramifiaient et conservèrent une trace de mystère jusqu'à ce que le fils atteigne ses treize ans. On était à dix minutes de la gare, en vélo il en fallait trois. Le fils aimait la gare à sa manière, tout comme les ivrognes et les prostitués l'aimaient à leur manière eux aussi. En tout cas, ils étaient les seuls en dehors du fils à passer de longs moments sur les quais et dans les halls hideux, la gare était le territoire de cette communauté fidèle car les voyageurs passaient en toute hâte, la gare n'avait pas été créée pour eux. Parmi les ivrognes, les prostitués, le fils au milieu, des policiers faisaient leur ronde à intervalles irréguliers, en général des sans-grades avec une seule étoile au revers, mais aucune complicité ne se forgeait entre les damnés de la gare. Le fils trouvait cela injuste, il espérait un salut, au moins un sourire de connivence, il faisait le premier pas en distribuant à tout va des signes de tête. Mais les ivrognes se défiaient de lui, les prostitués lui faisaient des grimaces et les policiers l'ignoraient froidement avec l'insolence du pouvoir. Peu à peu, le fils comprit qu'il ne vivait pas au pays des salutations cordiales, mais à ce moment-là il ignorait encore tout de cette ville, patrie de la calomnie mauvaise et sournoise, de l'hypocrisie tous azimuts ; il se tourna vers les trains express. On aurait dit que les voitures vertes et bleues des rapides se moquaient de la nostalgie du lointain qu'éprouvait celui qui restait, le garçon immobile qu'il était. Les trains ne s'arrêtaient jamais plus de vingt minutes à Salzbourg, gare frontalière et nœud ferroviaire. Nœud ferroviaire, évêché, ville de Mozart, enfer. Condamné à rester, le fils ressentait sa situation comme un enfer.

Le rituel des départs, le lent démarrage des lourds wagons pesant sur leurs quatre essieux le mettait à la torture. Sous les toits surplombant les quais pendaient des tiges métalliques auxquelles étaient accrochées trois lampes blanches. Lorsqu'on n'attendait pas de départ, les lumières restaient éteintes. Mais quand un départ approchait, d'abord s'allumait la première, blanche et ronde, douce, elle n'éblouissait pas, puis venaient le second et le troisième signal. Au troisième, les contrôleurs refermaient les portières des wagons, parfois des retardataires chargés de bagages couraient vers le train. Des cheminots tapaient sur les roues avec des marteaux aux longs manches et dégageaient les mâchoires des freins, les moteurs des locomotives électriques ronronnaient. Au beau milieu, derrière des vitres en verre dépoli protégées par des grillages, vacillait une lumière bleue et menaçante. Une tête de mort et deux tibias croisés ou parfois seulement deux éclairs peints : attention, haute tension, danger de mort. Selon la destination du train, l'annonce était faite seulement en allemand ou dans les trois langues. Nous vous souhaitons un agréable voyage ! Coup de sifflet du chef de gare, le train s'ébranlait. Aux chemins de fer, ce sont presque tous des communistes, disait le grand-père. On avait gavé le fils de la peur des communistes, comme s'ils avaient tous été des assassins d'enfants. Celui qui n'est rien et ne sait rien faire, il finit à la poste ou aux chemins de fer, disaient les Autrichiens. Mais en même temps, ils s'efforçaient d'obtenir les postes de fonctionnaires et leur sécurité. La ville de Salzbourg regorgeait de slogans dont les rimes masquaient habilement l'imbécillité et l'abjection. Le fils mettrait longtemps à déceler la bassesse et à se faire son propre jugement ; celui qui sa vie durant n'y parvenait pas était considéré comme un bon citoyen. La seule chance de salut pour le fils, c'était peut-être l'esprit de contradiction.

Les locomotives entraînaient sans protester les wagons des trains rapides à travers l'Europe. Pour le fils, en ce temps-là, l'Europe c'était le monde. Des wagons bleus et rouges, chemins de fers allemands, mais l'Allemagne ne l'attirait pas, c'était un pays qu'il fallait traverser pour arriver au plus vite en France. L'autre trajet durait plus longtemps et longeait des montagnes fastidieuses, des villages fastidieux, l'ennuyeuse Suisse. CFF, Chemins de fer fédéraux suisses, des wagons d'express semblables à des trains de banlieue, rarement divisés en compartiments, comme si la Suisse voulait afficher sa sociabilité, ainsi que l'avait dit un jour le professeur d'allemand. Mais pour ce qui était de l'Allemagne, alors là, non merci : transit. La SNCF, voitures vertes et brillantes d'aluminium du Mozart-Express, *la douce France**, que les trains roulant vers l'Ouest n'étaient pas les seuls à avoir comme but. FS, Ferrovie dello Stato, les vieux wagons pleins de douceur aux rivets gros comme le poing : il fallait faire preuve d'amour et ne pas compter son temps pour atteindre Venise. Là-bas était la mer et le cœur s'ouvrait. L'Autriche haïssait l'Italie, vieille habitude que cette haine des Italiens. Ils nous ont par deux fois trahis, ils nous ont ravi le Tyrol du Sud, voilà ce que l'on pouvait entendre, et suivait l'insulte lancée sans même y penser qui les comparait à des lapins et que tout le monde comprend, mais le fils ne la prononçait jamais. Les Autrichiens les disaient tous, ces paroles infâmes, vieux et jeunes, même les professeurs, les éducateurs de la jeunesse, parlaient ainsi. Devenir adulte pour un enfant, c'est découvrir le dégoût. Certes, l'enfant ne savait que peu de choses de l'histoire récente, les programmes scolaires n'étaient pas conçus de manière à ressasser les crimes commis, les grands maugréaient que sais-tu donc, toi ? Le garçon entendait dans le meilleur des cas des opinions, mais il ne les examinait pas, elles le

* Les mots en italique suivis d'un astérisque sont en français dans le texte.

lassaient. Il trouverait sa vie durant trop fatigant de vérifier l'exactitude d'un concept, d'un chiffre, d'ouvrir une encyclopédie, de consulter une statistique – l'approximation lui suffisait, car il pressentait que même ce qui est précis n'est qu'approximatif. C'est ainsi qu'il ne savait que par bribes comment et quand l'Italie avait trahi les Autrichiens, mais la mère était allée avec le fils à Rome et à Capri quand il avait quatorze ans, et même plus tôt, il avait alors tout juste huit ans, elle l'avait emmené à Florence et en vacances au bord de l'Adriatique. Les Autrichiens n'allaient-ils pas tous dans le pays de leurs ennemis, y profitant de leurs vacances annuelles tout en se répandant en critiques, s'abaissant pour n'être plus que de misérables mauvaises herbes en transhumance. Dès ce tout premier voyage, le fils encore petit avait en se jouant appris à nager et à faire du vélo, deux activités qu'il avait toujours refusé de pratiquer chez lui, et lors du second voyage il était tombé amoureux d'un jeune Italien prénommé Giovanni. C'était son premier amour, ils échangèrent des marques de tendresse tolérées avec bienveillance par les parents italiens, alors que sa propre mère n'osait plus guère se montrer dans le hall de l'hôtel tant elle avait honte de son fils dévoyé. A la suite de cet été au bord de la mer, des lettres enflammées se croisèrent. Le dévoyé apprit l'italien comme en transes, il sentait la trahison envers sa patrie nordique croître de manière inexorable ; tout semblait y mener depuis longtemps. Et comme pesait peu en comparaison le fait que l'Italie avait trahi ces lourdauds d'Autrichiens, en temps de guerre de surcroît. Quiconque est jamais parti vers le sud en franchissant le Brenner comprend sans mots, il sait : au-delà du Brenner, quand on va vers le sud, la lumière est méditerranéenne, ce n'est pas une terre volée à l'Autriche. Il se peut qu'un temps une contrée méridionale volée ait appartenu à l'Autriche, et même qu'elle ait été acquise de manière légitime, jadis, dans cet empire de contes de fées. L'empereur mort, la lumière change sur le Brenner. Quoi que vous puissiez dire, déclara le fils au professeur d'histoire, *vae victis* est une loi de l'histoire, je méprise les gémissements du perdant. Quel peuple est-ce donc, ce peuple autrichien dont les plaintes se perpétuent de génération en génération ? La défaite, plus que la victoire, exige la dignité. La mère fut alors convoquée à l'école, elle en revint les yeux rouges. Elle exhorta en sanglotant le fils à aimer la patrie d'un amour reconnaissant, cette patrie dont elle prétendait qu'elle lui permettait d'être un enfant et de devenir un homme. Partout sur terre des enfants grandissaient, partout les paroles de la mère trouvaient une justification douteuse. Les traits las de cette femme portaient les stigmates de l'amour de la patrie, la poussière de l'angoisse de nuits sous les bombardements lui avait laissé sa pâleur blafarde en guise de maquillage. La fierté patriotique des mères abusées était sincère, ce qui emplissait le fils d'effroi. Ce pays, qu'avait-il fait pour les hommes qui l'habitaient ? Certes, on vivait désormais dans un confort tout à fait acceptable. Mais ce confort résultait de l'oubli réussi de sa propre faute et d'une assiduité stupide dont même des bœufs auraient pu faire preuve. Les morts de la guerre mondiale, dont les noms funèbres étaient parfois prononcés, ne manquaient pas aux fils, eux qui étaient nés plus tard. La voix du sang n'existe pas, blasphémait le fils. Il n'y avait pas non plus, vacillante dans les jeunes têtes, de curiosité pour leurs ancêtres, ces non-parents défunts, aucun oiseau de mort ne croassait pour rappeler leur souvenir. Si c'était cruel, c'est simplement que la cruauté avait sa place dans un monde vieillissant qui se rajeunissait.

Pourtant, la mère, avec des milliers d'autres mères, se rendait à chaque veille de fête au cimetière pour y fleurir les tombes et arracher les mauvaises herbes qui poussent même là. Le fils accompagnait sa mère et trouvait un plaisir pervers dans cette proximité de la mort déjà inscrite dans l'enfant. Des noms, aplatis sur les pierres tombales, recouverts de mousse ou brillants à force d'avoir été polis, d'une criante lisibilité ou à peine visibles, des noms qui pour le fils n'étaient que des lettres alors que pour la mère – prétendait-elle – ils étaient des sentiments pétrifiés. En tout lieu, le fils à la naissance tardive se voyait exclu du monde de sa mère, il posait des questions qui ne recevaient que des réponses imparfaites. Elle racontait des événements qui faisaient partie de la vie de ces noms, mais le fils, saisi de frissons, ne voulait pas l'écouter. Il se protégeait à la manière de la jeunesse par des insultes, des jugements sommaires, des remarques insolentes adressées aux morts, mais que la mère prenait pour elle. Il traitait des tantes défuntes de charognes de putes, des hommes morts à la guerre de criminels nazis, alors qu'il ne savait rien de cette ère glaciaire. Il ne voulait pas insulter les morts dans leurs tombeaux, il ne voulait pas causer de souffrance, et pourtant, une pulsion mauvaise, le sentiment flou d'avoir été trompé, le forçait à prononcer de telles paroles. En lui, quelque chose réclamait vengeance, vengeance de morts et de vivants, sans distinction, c'était sa distance d'enfant au reste du monde qui le perturbait. Il ressentait toutes ces tombes comme une prétention exorbitante, en quoi le concernaient-elles, il n'y avait pas de proximité, car il n'avait pas de prochain, pas même de véritable père. Le fils n'aimait pas les morts de sa mère. Il ne possédait pas encore de morts à lui, et pourtant, Dieu sait qu'ils allaient exister, si scandaleusement tôt ! Cependant, le fils n'aurait pas manqué une visite au cimetière, et après chacune des injures criées aux morts mais destinées en fait aux oreilles de la mère, il s'excusait en pensée auprès des morts. Ils n'entendaient certes rien, voilà ce qu'il voulait croire, mais que savons-nous réellement d'eux, aussi les assurait-il par précaution de son respect, et même de son amour, de manière excessive, hystérique, dans la tête du garçon, ces manifestations imaginaires de tendresse se bousculaient. La mère cependant pleurait du manque de cœur de son enfant avec le pathos caractéristique de sa génération et de l'ancrage géographique de sa naissance dans la mélancolique maison d'Autriche.

Mère et fils prenaient pour rentrer le bus jaune grouillant selon l'heure d'ouvriers, d'écoliers ou de vieilles femmes. Chaque arrêt portait un nom qu'annonçait par haut-parleur le contrôleur ou le conducteur. Depuis qu'un professeur avait réprimandé le fils pour son dialecte, il s'efforçait d'employer un allemand très intelligible. Il continuait pourtant à utiliser avec sa mère cet affreux langage qui leur était habituel. Il en avait honte, mais était cependant obligé de lui rester fidèle quand il se trouvait avec sa mère, afin de rester pour elle le même, immuablement dégénéré, et donc obligé de se réfugier, lorsqu'ils étaient en société – comme par exemple dans ce bus – dans le mutisme. Mais ce mutisme n'était pas naturel, l'étroite relation entre la mère et le fils ne tolérait pas de silence, il y avait des étincelles dans les fils électriques alimentant les transports municipaux, parfois il se produisait des courts-circuits. Le bus s'arrêtait brusquement, mère et fils d'un seul coup s'adressaient l'un à l'autre, de plus en plus fort, finissant par hurler. Tout le monde écoutait la dispute, le fils quittait alors d'un bond le véhicule en panne et se précipitait, rouge de honte, vers sa gare.

Il suivait d'un regard fixe les trains et reprenait contenance. Les chemins de fer autrichiens utilisaient encore des wagons datant des années 30. Le matériel continuait à faire son service, sans paraître fragile ou désuet, trouvant sa place dans l'agencement du train le plus moderne. Le fils ne parvenait pas à comprendre comment de tels wagons, qui avaient traversé Hitler et ses années criminelles, pouvaient aujourd'hui, après une telle complicité, se retrouver stationnés conformément à l'horaire prévu quai trois ou sept. Il ne comprenait pas davantage que les personnes âgées qui avaient vécu ce passé puissent rire à nouveau. Au moins les humains renouvellent-ils les cellules de leur organisme, tous les sept ans nous sommes des êtres neufs, complètement renouvelés, disait le professeur de biologie, alors qu'on ne pouvait guère imaginer un tel phénomène en ce qui concerne les trains. Pourtant qui sait, il y a les accros du calendrier et les infidèles du temps. Chacun perçoit de manière différente la métamorphose, est vaincu par la mort dans la rébellion ou dans la soumission.

Maintenant que me voilà atteint d'une maladie mortelle dont je ne me relèverai pas, écrivit le grand-père avant sa marche – ou plutôt son saut – vers la mort, il conviendrait que je me remémore les moments importants de ma vie. J'ai beau me creuser la tête, il ne me vient rien qui émerge dans le cours normal de mon existence. Cela déroute les quelques personnes qui prétendent me connaître parce qu'ils aimeraient considérer ma vie comme un accomplissement ou pour le moins un tout. Or à mes yeux, ma vie est insignifiante avec régularité, pour ainsi dire volatile et insaisissable comme un gaz. De ce qui au cours des décennies écoulées m'est tombé dessus, tout me fuit à tire-d'aile, et cela me convient. Je suis devenu indifférent au point d'hésiter à employer le terme de projet pour ce que j'ai l'intention de faire, de douter que j'aurai l'énergie nécessaire pour mettre mon plan à exécution. Mais il suffit d'un instant de concentration, voilà ce que je dois me redire sans relâche… Puis, par une douce matinée d'octobre, le grand-père s'était présenté chez la mère et était resté jusqu'à l'heure du déjeuner. Pendant le repas, il prononça des paroles obscures, de celles qui prennent toujours rétrospectivement sens, car elles peuvent être gonflées comme des ballons de baudruche. Ce jour-là, le fils n'était pas à la maison. Au moment de partir, lui a-t-on raconté, le grand-père avait soudain joint les mains et récité à haute voix le Notre-Père. La mère avait bien sûr été surprise, car le grand-père ne récitait que très rarement des prières. Elle s'était dit qu'il devenait lui aussi un peu bizarre avec le temps, mais avait néanmoins accompagné sa prière. Puis, ainsi qu'il l'annonçait dans sa lettre, le grand-père avait fait l'ascension du mont des Capucins. C'était l'endroit qui lui était le plus cher au monde et, tant qu'il avait été en bonne santé, il s'y était rendu tous les jours. Il y avait d'ailleurs enterré ses deux perruches. Les lois en vigueur dans le pays veillèrent à ce que son épouse, quand pour elle aussi l'heure fut venue, soit ensevelie dans le cimetière communal, sinon grand-père aurait également fait inhumer sa Cécile sur le mont. Ce n'est qu'au cours des dernières années de sa vie, quand ses jambes refusèrent avec une obstination croissante de le servir, que le mont des Capucins devint pour lui un rêve de plus en plus inaccessible. Le vieux souffrait de ne pouvoir aller sur la tombe de ses perruches. Le grand-père se fixait des buts modestes, il n'avait guère voyagé pendant sa vie, une seule fois, pendant sa jeunesse, les circonstances l'avaient mené jusqu'à la ville de Trente. Lorsque peu à peu même les arbres et les fleurs devinrent différents, la peur s'empara de lui et il tourna les talons. Grand-père n'avait jamais vu la mer, et il n'en éprouvait pas le désir. Sur les tableaux et photographies qui la représentent, il ne découvrait que sa monotonie, non sa grandeur. Or voici qu'au dernier jour de sa vie, en dépit de ses jambes impotentes, de sa maladie de cœur, de l'interdiction absolue faite par les médecins, le grand-père avait entrepris l'ascension du mont des Capucins, et par la suite tous se demandèrent comment il avait pu y parvenir. Victoire de la volonté sur le corps, on s'accorda sur cette formulation banale.

Le fils parvint certes à imaginer qu'un homme gravement malade pouvait accomplir en une journée unique presque n'importe quelle action pour peu que la certitude d'une prochaine délivrance l'anime. De retour dans la vieille ville, le grand-père était aussitôt passé à l'acte. De son appartement sur rue situé au quatrième étage, il était monté au grenier côté cour, un étage plus haut, après avoir déposé sur la table de la salle à manger sa lettre d'adieu, sa montre et son portefeuille, « confiés aux mains fidèles de ma fille ». Là-haut, dans le grenier, le grand-père avait dû traîner un fauteuil jusqu'à la fenêtre afin de pouvoir en atteindre le rebord, car à toutes ses infirmités s'ajoutait la goutte. Pour commencer, il retira sa veste qu'il disposa soigneusement sur le dossier de la chaise ; pourquoi salir, gâter dans sa chute ce vêtement en bon état au risque de le rendre inutilisable ? Il ôta aussi ses lunettes que l'on retrouva dans leur étui en fer blanc dans la poche intérieure de sa redingote. Quand tout fut prêt, le grand-père qu'habitait la nostalgie de sa mort se hissa sur son plongeoir. Il s'élança dans le vide. Il traversa en chute libre l'arrière-cour mal éclairée qui séparait la maison bourgeoise d'un hôtel de troisième catégorie, cette cour par-dessus laquelle il y a peu encore le fils en pleine puberté lorgnait les chambres louées aux voyageurs dans l'espoir nourri d'une excitation pathétique d'y entrevoir une femme en train de se déshabiller. Le grand-père conféra ainsi à cette cour une nouvelle dimension, souffle suspendu. Il s'écrasa sur le sol asphalté, il ne fit sûrement guère de bruit car il ne fut découvert par deux ouvriers que plusieurs heures après sa mort.

L'arrière-cour comme grand acteur, espace de liberté, prison et tendre intermédiaire dans l'existence de tous ces êtres. La mère parlait volontiers de sa jeunesse. Elle disait avoir passé, pendant ses jours de congé, des heures entières à lire assise à la fenêtre. En face, dans l'hôtel, vivait un peintre qui passait son temps à contempler la jeune fille. Lire et se faire admirer, cela semble avoir duré des romans entiers. Le peintre finit par faire remettre à la jeune fille un billet par lequel il la priait de lui servir de modèle. Originaire d'Amérique, il était célèbre dans son pays. La jeune fille, la mère, accepta en hésitant. Le portrait nécessita plusieurs séances de pose. Quand il eut fini, le peintre pria son modèle de le suivre en Amérique. Je te peindrai encore et encore, tu es le visage de ma vie, voilà, affirmait-elle, ce qu'il lui disait. Mais la rapidité avec laquelle étaient nés les sentiments du peintre et l'énorme distance qui la séparait de l'Amérique avaient effrayé la mère. J'ai toujours été une personne comme il faut, disait-elle souvent, aussi n'y eut-il qu'un seul portrait. Une œuvre d'ailleurs remarquable, on pouvait même dire géniale, exposée dans une des galeries les plus renommées d'Amérique. Si un jour tu vas en Amérique, disait la mère à son fils d'un ton plein de rêve, il faudra absolument que tu recherches mon portrait.

Ainsi donc, il n'y avait personne dans la famille pour qui la cour intérieure de la maison bourgeoise n'ait pris une signification particulière ; la mère avait rencontré son peintre, le fils ses premières excitations furtives et le grand-père son plongeon dans la mort. Le fils était fier de la fin du grand-père. Ils ne s'étaient jamais compris, se méprisant l'un l'autre, pour le fils, jusque-là, le vieux était un lâche, et le jeune perturbait le grand-père par son orgueil et son insolente démesure. Les jeunes, ça se tait, hurlait le grand-père d'une voix suraiguë, fou de rage, mais le monde métamorphosé, impitoyable, giflait l'homme du passé en plein visage. Les vieux, ça doit mourir, répliquait le fils, mais il ne le pensait pas, ce n'était qu'une façon de parler. Victoires faciles de ceux qui manient habilement la parole ! Pourquoi les jeunes devraient-ils avoir des égards pour les vieux si même le temps n'en a pas. Toi aujourd'hui, moi demain. Mais le petit-fils éprouva de l'admiration pour la mort volontaire et digne du grand-père, il découvrait enfin la force – une force rare – dans l'apparente faiblesse du vieil homme ; ce mort de toute une vie était délivré de son existence d'ombre pour atteindre une réalité aux vives couleurs.

Quelle surprenante famille ! On s'y entendait à donner des noms sans droit ni légitimité, se concédant mutuellement des relations qui n'existaient plus depuis longtemps ou n'avaient jamais existé : un grand-père, un père, les confusions allaient trop loin. Des rêves dictés par la médiocrité, des vies édifiées sur des vraisemblances, mais le professeur de mathématiques avait raison, nous ignorons si le soleil se lèvera demain. Le mort avait dix ans de moins que sa femme qui l'avait depuis longtemps précédé, c'était elle qui portait la culotte. Lui s'en accommodait volontiers et lorsqu'elle mourut, il afficha son deuil comme si leur vie dénuée de passion avait néanmoins été le grand amour. Il se rongea de nostalgie pour sa Cécile.

Qui sait, Roméo et Juliette ne sont pas seulement à leur place dans de beaux corps d'adolescents, presque encore enfants, et dans de nobles demeures : ils vivent bien plus souvent dans le malentendu, fronts ridés, petite guerre sans paroles du quotidien. Le fils comprit qu'il était possible de manquer une vie durant de sincérité, de ne pas être à sa place, de vivre dans la fausseté et cependant d'apporter par un acte unique la correction décisive. Le plongeon du grand-père remit dans une perspective convenable tout ce qui avait été manqué ; une telle correction peut même se produire si tardivement que sa place est déjà presque dans l'au-delà. La certitude qu'il n'est jamais trop tard et que chacun dispose toujours de la possibilité d'apporter l'ultime rectification fit du fils un prodigue. C'est ainsi que le grand-père, dans sa prudence, enseigna à son petit-fils l'art de la supérieure légèreté. Le véritable prodigue s'élève au rang d'un dieu, car il dilapide la Création, gaspille les hommes, les pensées, les sentiments, le talent et le temps.

2

Le prodigue quitta les lieux du crime le jour même de l'enterrement de l'oncle. Il voulait partir, rien ne devait le retenir. La mort de l'oncle, qu'il ne convenait pas de souligner par un deuil affiché – il fallait désamorcer le moindre soupçon – fit cependant naître des émotions qui lui ôtèrent sa sérénité. Et pourtant, lui sembla-t-il alors en ce mois de décembre, les événements étaient de si piètre importance que, de tous les sentiments possibles, il éprouvait seulement celui de la libération. La liberté contenait une allégresse minable, due à une petite somme reçue en héritage, à la première voiture neuve que le jeune homme, âgé de vingt et un ans, pouvait désormais s'offrir, et à ce voyage fou à Paris. Soyez prudent dans les jours qui viennent, avait dit le vendeur en mettant en garde l'acheteur, n'allez pas trop vite, n'ayez pas une conduite trop sportive, la voiture doit être rôdée. Il fallait rôder la voiture, enterrer l'oncle mort, ou plutôt le faire incinérer : économie, économie, Horatio ! La volonté du défunt fut respectée. Et comme il n'était pas permis de pousser la voiture neuve au maximum, la fuite vers l'ouest fut lenteur, les kilomètres s'étiraient, il fallait prévoir une étape, Strasbourg semblait tout indiqué, le fils y connaissait l'hôtel Maison rouge, où il avait déjà séjourné enfant, il y avait un garage juste devant l'établissement. L'Europe ne changeait pas, le prodigue était de ceux qui ont toujours déjà tout vu, comme s'il allait de soi qu'ils arrivent en toute sérénité d'une autre existence. C'est d'un autre temps que venaient ces maisons à colombages, ces librairies où la langue allemande et la langue française coexistaient de la manière la plus naturelle qui soit, et tout était naturel aussi dans la tête du voyageur, cette tête inutile. Étalages bigarrés, images captivantes, mais le fugitif n'échappait pas à la faute qui le rongeait.

Il n'avait certes pas voulu la mort de l'oncle, mais il avait refusé de lui rendre la visite de réconciliation que la mère le pressait de faire, insistant toujours plus faiblement. Le fils était si fort, si méchamment buté, qu'il ne se précipita pas au chevet du malade pour faire la paix après cette longue querelle. La mère, qui avait entendu la mort s'approcher, demanda par neuf fois en neuf jours à son fils endurci de se rendre auprès du malade. Neuf jours ultimes après ce hideux combat. Le vainqueur ne put parler de victoire. La partie se termina bien entendu sur un match nul, au mois de novembre, le mois au cours duquel viennent au monde les gens qui restent dans le brouillard leur vie durant. L'oncle vécut encore neuf jours, chat sauvage aux neuf vies irréductibles. Ses cheveux étaient blancs comme neige, il aurait fallu faire preuve de clémence envers le grand âge, peut-être. Mais qui pense à l'âge des aînés ? Les fils ne voient-ils pas plutôt en eux le mur aveugle, l'écho muet, l'antagoniste, la nuit ? Leur peau se fane de manière par trop visible, c'est un vieux cuir, leurs pas trop traînants dérangent, fantomatiques.

Ils s'étaient à nouveau querellés, grondant de toutes leurs forces à la manière des lions. Un malentendu, déjà oublié, et soudain le vieux n'avait plus été capable de poursuivre. Il faut que l'un de nous deux sorte d'ici aujourd'hui même, avait-il hurlé, ou plutôt gémi. Alors pars, avait rétorqué le fils. Alors pars ! – attentif à cette seconde de succès, cruel, cette phrase inouïe : alors, pars ! – hurlée à un vieillard qui se leva en tremblant, quitta la pièce, chancelant, enfila avec peine son manteau, sans écouter la mère qui voulait s'entremettre, et sans prononcer un seul mot, difficilement, quitta la maison. Il neigeait, le fils était resté dans la pièce, se prenant même pour un vainqueur.

L'oncle était allé à sa voiture, sa vieille Volkswagen verte, et avait démarré le moteur. La mère pleurait, debout à la fenêtre, le fils lui aussi suivait des yeux les nuages blancs des gaz d'échappements et les feux de position rouge sombre, jusqu'à ce que la buée déposée par son souffle sur la vitre ait caché à sa vue celui qu'il considérait comme le perdant. A ce moment-là, l'oncle était déjà en train de tourner au coin du pâté de maisons. Il avait quitté la ville, décrivant des cercles, vautour blessé, corbeau funeste, et le verglas l'avait pour finir jeté contre un mur. L'accident était sans gravité, mais le vieil homme n'avait pas quitté sa voiture. Lorsqu'une patrouille de gendarmerie avait découvert l'auto, on avait fortement soupçonné le vieillard muet d'être en état d'ébriété. Il ne prêtait aucune attention aux fonctionnaires de police. Ce qui avait été pris pour de l'ivresse s'avéra en fait, lorsqu'un médecin fut consulté, un léger infarctus. Le patient fut aussitôt transféré à l'hôpital des Frères de la Miséricorde.

Cependant, le fils continuait à se railler de l'oncle qui avait manifestement pris leur querelle à cœur au point de briser le sien. La mère passait ses jours, la moitié de ses nuits au chevet du malade dont l'état était grave, et les nouvelles qu'elle rapportait étaient de plus en plus sombres. Les syllabes ternes des reproches qu'elle adressait au fils tombaient sur lui comme une grêle douloureuse et il aurait voulu être sourd. Il apprit des langues étrangères, se réfugia dans les livres pour éviter d'étouffer. Il n'alla pas à l'hôpital des Frères de la Miséricorde, car il continuait à s'imaginer qu'il était dans son droit et n'avait aucune responsabilité. Au dixième jour, l'oncle cessa de vivre, la partie était finie. Et tu es son assassin, dit la mère.

Comme le fils refuse de prêter attention aux récits larmoyants qu'elle fait des derniers jours du malade, sa respiration devenue râle, sa demande répétée heure après heure, dans un état de demi-conscience, de voir le fils, car il le savait, il y avait un compte à régler, comme ce fils refuse de prêter attention à tout cela, il peut se hâter d'écarter la fin. Peu de larmes de la mère, elles ne vinrent que plus tard, et guère d'émotion de l'assassin. Ce qui vit doit mourir, et depuis des décennies, la chose était entendue, l'oncle serait incinéré quand l'heure serait venue. L'association crématiste La Flamme dont l'oncle était membre remplit alors son unique fonction. Le fils était tombé par hasard sur la police d'assurance, depuis sa jeunesse l'oncle payait avec ponctualité les primes, les reçus s'accumulaient, formant un petit monticule. Le fils haïssait le feu, il aimait la douce dramaturgie de l'ensevelissement, cherchant le plaisir en toutes choses, cependant cette mort appartenait à la victime, non à son meurtrier.

L'adieu au mort se déroula selon le programme prévu et fut pourtant parsemé d'incidents. L'épouse du défunt surgit, reine aigrie qui depuis des années s'était tenue à l'écart. La mère et elle s'évitèrent, on aurait dit que le monde était trop étroit pour les pas mesurés de deux femmes auprès d'un seul homme. Comme la mère se sentait pour la première fois fière et sûre de son droit supérieur ! Un boulanger entra lui aussi en scène pour serrer la main du fils qui *savait* alors que tous croyaient qu'il ne savait rien. Ainsi la mort de l'oncle fut-elle loin de mettre un terme aux embrouilles. Mais surtout pas de fraternité, d'intimité, pas de demi-teintes, cette seule pensée mettait à la torture. Une comédie : Goldoni, Pirandello, Shaw, ou mieux, tout droit l'absurde, Ionesco, Beckett, que venait-il donc à l'esprit ? Pas grand-chose en ce jour de décembre. La mère et l'assassin cultivé prirent place au second rang des chaises peintes en noir, le premier resta vide, personne ne voulait revendiquer la proximité devant des yeux étrangers, et la reine flanquée de son maître boulanger se contenta même du troisième rang, comme si sa présence était encore moins légitime. Elle était mieux placée que quiconque pour le savoir.

Ils n'avaient pas réussi à dépasser le caractère gênant de leurs imbrications, ni à régler leur problème avec ce mort aux multiples facettes, mais de la musique que répandait le magnétophone du crématoire, tout comme des paroles du prêtre taillées sur mesure émanait une telle douceur. Déjà, la porte mue par un mécanisme silencieux se refermait. Ici, nul n'était confronté à l'ennui. Le temps c'est de l'argent, dessinées par le fer forgé, les paroles symétriques *La cendre retourne à la cendre – la poussière à la poussière* attiraient et mettaient en garde à la fois. Le cercueil s'était déjà dérobé aux yeux des proches endeuillés. Le feu déclenché par un système électrique avait depuis longtemps été attisé, dans un four de la firme Siemens et quatre jours après le résultat, l'urne d'aluminium brillante attendait qu'on vienne la retirer au bureau de l'administration du cimetière, tandis que la facture pour cette réduction était à la maison, dans la boîte à lettres.

A ce moment-là, le meurtrier tout guilleret avait déjà mis pied à terre, à Paris, la belle. La mère adressa la facture à l'association crématiste qui la régla, s'étant bien enrichie sur le dos du défunt. Un récipient de ciment fut trouvé, l'urne l'emplit entièrement, plus aucun espace pour l'assassin, le fils. Il lui fallait d'abord vivre, inscrire à la craie son acte sur toutes les portes et trouver le pardon. Il lui fallait lui-même s'absoudre de tout mal.

Avant même de prendre congé de l'oncle mort, le fils avait retiré à la banque l'argent que lui avait destiné le vieux qui prévoyait les choses pour l'éternité, somme amassée depuis des années au nom du meurtrier. Au nom du Père et du Fils et du Saint-Argent, le jeune n'était pas avide, il aimait seulement jeter l'argent par les fenêtres, étant très maladroit en matière de prière. Par-delà la mort, les mains de l'oncle bruissaient à travers la vie du fils, son assassin. Qui avait beau réclamer de plus en plus fort laisse-moi seul, le mort n'obéissait à aucun ordre.

L'auto était belle, un plaisir pour les yeux, pas tape-à-l'œil pour autant, pas minable non plus, une nouvelle illusion de liberté. Le véhicule emporta le fils à travers le pays, la vue des prairies l'emplit d'ivresse, leurs murmures verdoyants pour le faire revenir sous cette terre qui attire, qui flatte. Il voulait se contenter de rouler, une vie durant, affamé d'images. Il était faible, il avait peur du temps qui coule, rencontra filles et garçons et leur demanda aussitôt une mèche de leurs cheveux. Pourquoi veux-tu mes cheveux ? – En souvenir. La jeunesse avait peine à comprendre, aussitôt sur ses gardes, frissonnant de peur quand il couchait les boucles dans des enveloppes où d'un coup d'aiguille il perçait des ouvertures. Cela sert à apporter de l'air frais et permettra que vos cheveux gardent leur éclat quand vous l'aurez vous-mêmes depuis longtemps perdu. Un fou ; il valait mieux garder distance. Il vivait dans la terreur de voir les couleurs éclatantes se ternir depuis qu'enfant, il avait trouvé la libellule morte. L'insecte resplendissait des couleurs les plus magnifiques, l'enfant voulut les préserver à tout jamais. Il le déposa avec toute la tendresse possible dans une boîte d'allumettes. Dès le lendemain matin, quand le garçon voulut à nouveau se délecter de la contemplation de sa belle morte, l'horreur lui avait fait lâcher la boîte. Un cri, sa mère était accourue, croyant qu'il était arrivé malheur. Elle trouva seulement l'enfant pétrifié, penché sur une libellule noire. Plus trace de couleurs, de lumière. La mère trouva l'épisode cocasse, elle éclata d'un rire cruel : c'est comme ça. Mais l'enfant avait découvert que la mort détruit les belles couleurs et la beauté aussi. Cette expérience ne prédestinait-elle pas le fils au meurtre ? Il avait suffi d'un chagrin violent, d'une libellule aux vives couleurs devenue terne, pour rejeter toute sensiblerie et déceler sous le sourire serein la grimace du mal.

Pendant sa croissance, que le garçon avait perçue comme un repli sur soi, il avait pris plaisir, du haut des monts apprivoisés des paysages de son enfance, à tourner ses regards vers l'ouest. A l'ouest, les ondulations des plaines regorgeaient de promesses et parlaient d'arrivée. C'est là que, sur le soir, la lumière s'accumulait et se rassemblait comme si elle ne pouvait pas avant longtemps s'écouler hors de ce monde tout en courbes. La vigilance envahit l'enfant, elle ne pouvait que détruire inexorablement ses jeux et lui apporta des maîtres et des protecteurs aux visages ridés, rien que des vieillards cinq fois plus âgés que lui. Il se ravit lui-même sa jeunesse, ne cherchant pas d'amis, il n'en avait pas besoin, n'essayant jamais de saisir que des rêves, des chimères que l'on pouvait maltraiter, illuminer ou noircir. Pas d'enfance *insouciante*, elle conjurait seulement les mots longs et vides. Les *couchers de soleil* sont longs, seize caractères pour des milliers d'impressions, pour un peu, on aurait eu honte de son *passé de hall de gare.* Il faut ce qu'il faut, la vérité est toujours préférable, mieux vaut être un ivrogne, un prostitué, mais un rêveur ? Dans le monde, les rêveurs, on leur crache dessus.

Strasbourg est à mi-parcours pour celui qui se rend de la ville funèbre de Salzbourg à Paris. La cuisine alsacienne charme le meurtrier, il est adulte, il va pouvoir découvrir les adresses qu'il lui faut, celles où même le fils de gens tout simples devient un roi. L'oncle avait trop souvent mangé son casse-croûte du soir directement dans le papier, pourquoi salir une assiette, la saucisse de Brunswick était particulièrement bon marché, le fromage puait, mais avait du goût, il arrivait que l'oncle mange du lard au paprika, de la graisse toute pure avec une couenne rouge et pimentée, et il accompagnait son repas d'une bouteille de bière *Stiegl*, la mère pour sa part préférait bien sûr la *Gösser.* Il y avait aussi de la saucisse fumée, parfois une soupe, mais en général, le soir, rien de chaud. Les froides soirées de l'enfance, quand le fils errait tard par les rues nocturnes, en danger à travers la ville où régnait la mortelle sécurité de l'ennui, lorsque, cruelle, chaque lumière derrière chaque fenêtre lui promettait, à lui qui passait, sa chaleur. L'enfant devint alors un mendiant de la chaleur qui protège – les expressions qui n'en finissent pas – et il mit bien longtemps à découvrir que pour quelques-uns, la véritable chaleur se trouve dans les halls d'hôtels. Le prodigue devait par la suite acheter la chaleur dans les seuls lieux où l'on pouvait l'obtenir sur cette terre, les grands hôtels. Une suite à l'Imperial à Vienne, à l'hôtel Pierre à

New York, au Palazzo Gritti, chez Hassler à Rome, il y était chez lui, patrie supportable, et l'assassin habiterait partout, lui dont la victime avait mangé sur des bouts de papier, et non dans des assiettes.

La littérature l'attirait jusqu'à la nausée, autre patrie, exil inexorable. Le fils lisait, lisait, devint captif des livres, il se dirigea vers la cathédrale et leva les yeux. Des étoiles le soir de l'incinération, mais sans aucune lumière, rien que des étoiles au firmament du quotidien. La consolation pouvait se trouver partout, en général soldée, mais qui donc aurait voulu de cette consolation à prix réduit ? Rien n'excusait cette comédie représentée sans rideau de scène qui avait été jouée pendant plus de vingt ans. Ses acteurs, ou plutôt ses histrions, avaient loué l'étage supérieur de ce que l'on qualifiait de maison bourgeoise au centre de leur ville plébéienne, célèbre dans le monde entier. Mère et fils occupaient les pièces de gauche, les grands-parents vivaient du côté droit. L'oncle entrait en scène à heures fixes, acteur invité. On gravissait un étroit escalier de marbre pour atteindre la scène, mais le marbre était superflu ; sur du marbre, le petit peuple ne sait que déraper. Au quatrième étage, il n'y avait pas de salle de bains, personne ne souffrait de ce manque, qui n'était pas perçu comme tel, mais seulement comme un fait. Ce qui arrivait aux gens de ce pays, les crimes qu'ils commettaient ou ceux dont ils étaient victimes, tout était toujours lié à une situation de fait.

Un cadre hideux qui s'accordait à des images de mauvais goût. Dans la salle à manger des grands-parents était accrochée une gravure en couleur intitulée *Nostalgie après la bataille*. Un lansquenet d'une autre époque, épuisé, assis dans l'herbe, se coupait un morceau de pain du tranchant de sa baïonnette. Enfant, le fils lorsqu'il était chez ses grands-parents ne se lassait pas de contempler cette gravure. Le paysage qui s'étendait à l'infini dans le dos du lansquenet effrayait le gamin et pourtant l'attirait. Le pain semblait sec, de couleur pourpre, immangeable. La grand-mère, vieille et souffrante, s'adonnait depuis longtemps à la boisson, elle ne buvait plus que de la bière et se mourait à petit feu. Hein, elle te plaît à toi aussi, cette image ? marmonnait-elle sans regarder l'enfant. Parfois, elle n'arrivait pas à revenir toute seule du débit de boisson, alors ses frères en beuverie la portaient jusqu'au dernier étage de la maison bourgeoise et la déposaient doucement devant sa porte. La grand-mère était la seule femme dans ce groupe d'hommes et prouvait ainsi à la face du monde et sans faire de grandes phrases que l'émancipation était possible. Le petit garçon aimait ces entrées en scène pleines de panache : les vieux, chancelants et ivres eux aussi, hissant sa grand-mère sur leurs épaules dans l'étroit escalier de marbre ; la vieille femme, endormie, raide, Blanche-Neige de la décadence, gisait là, reposant dans un cercueil de verre invisible. Seule la mère avait honte de sa mère, au lieu d'être fière de la hardiesse avec laquelle sa parente la plus proche affichait sa liberté.

Il arrivait que la vieille emmène son petit-fils au troquet. Il avait le droit de boire un verre de limonade, un *Kracherl*, puis un second, un troisième. La grand-mère présentait le petit homme à ses amis, en s'écriant voyez mon petit-fils, c'est un sacré gamin, payez-lui une limonade ou donnez-lui quelques schillings en guise d'argent de poche ! Les habitués se soumettaient, riant et plaisantant à cette mendicité. Ni la grand-mère ni le petit-fils n'avaient honte, le marché était honnête, le petit était un sacré gamin et valait bien qu'on paye pour le voir.

La mère écoutait tristement ces histoires le soir en rentrant du bureau. Elle était impuissante face à un tel abaissement. Comme elle travaillait au-dehors, elle devait être bien contente que la grand-mère s'occupe du petit. Il manquait un père à la maison, voilà tout ! Le fils ne poserait pas de questions. Lorsque, le week-end, le soleil brillait, l'oncle venait chercher la mère et le fils pour les emmener en balade dans son auto, et quand la mère se mettait à chanter ses airs mélancoliques, il n'y avait plus aucun doute, le monde et toute sa splendeur rendent triste. *Toujours sourire*, chantait la mère, mais le fils ne posait aucune question.

Les gens eurent vite fait de comprendre la pièce, le monde qui comme chacun le sait méprise la poésie se frottait les mains devant ces situations inconvenantes. Voici que le fils se dirige vers la cathédrale, le vent souffle sur la vieille ville, il vient du Rhin, il se mêle ici dans le froid au crépuscule et au cri des mouettes. L'assassin ralentit sa marche. Il est horriblement repu et pourtant, la faim le torture. Il doit rester fidèle à la loi des libellules. Ce n'est pas la première fois qu'il se trouve devant cette façade, ses non-parents lui ont offert l'Europe en cadeau. Sa tête a reçu une bonne éducation, la meilleure possible, le fils ne peut pas se plaindre. Personne au monde ne pourrait avoir de meilleurs parents que lui.

3

A gauche de la cathédrale, la Maison Kammerzell, havre de paix, brille de tout son éclat. Venant d'un passé dont il se croit libéré, le voyageur aigri est accueilli par une jeune femme. Elle le mène à la table la plus éclairée de la pièce. Tout autour de lui, le monde d'argent et de cristal des convives, et derrière, la cathédrale, déformée par les vitres en culs de bouteille. Le voyageur peut voir la serveuse dans le hall d'entrée du restaurant. Elle tient le vestiaire et vend des cigares. Le voyageur fixe la belle qui répond d'un sourire à ses regards. Un flirt possible qu'il ne sera pas capable de nouer. Non, il ne possède pas encore cet art, mais il est désormais adulte, pourquoi ne pas exiger et jouir ? Maintenant, un apprenti serveur s'approche de sa table, apportant des verres, et saluant timidement le client. Le voici d'un seul coup déchiré entre la jeune femme et le garçon, les deux pôles de l'univers. Il se croit condamné à vivre sur l'équateur des désirs, à la plus grande distance possible d'êtres que son bras tendu ne pourra saisir. Ses doigts n'attrapent que du vent. Il se réfugie alors dans la communion du repas. Ce ne sera pas pour lui la dernière, mais la première. Il a l'intention de se faire plaisir, il pense qu'il l'a bien mérité s'il lui faut, assassin, prodigue, ermite, rester privé des humains. Il commande foie gras truffé, salade de saison au magret de canard, huîtres en pâte feuilletée, filet de barbeau sur mousseline de poireaux – le Gewurztraminer l'accompagne jusque-là –, escalope de veau à l'ancienne, filet de lièvre au raifort, plateau de fromages – là, son Brouilly moelleux se tarit –, riz aux châtaignes ; il pense vaguement à un express accompagné d'Armagnac, au Roméo y Julieta qui suivra, il vient du pays où l'on se nourrit de manière bestiale et pourtant il s'y connaît, rien n'est nouveau pour lui. Il lui faudra rejeter son passeport, la mue sera indispensable. Le repas du futur peut commencer maintenant, repas funéraire de la culpabilité à bout de souffle.

Derrière lui, l'étranger. Ils ne se connaissent pas, mais ensemble et néanmoins solitaires, ils ont traversé l'Allemagne tout entière. Ils sont arrivés par des chemins différents dans cette maison où les voilà maintenant assis à des tables séparées. Ils se reconnaissent et pourtant ne se saluent toujours pas. L'étranger dans sa coûteuse voiture a suivi le plus jeune des heures durant, le pressant par des appels de phare. Mais quand le fils ralentissait, l'étranger renonçait à le doubler. Lorsque perturbé le fils s'arrêta à une station-service, l'étranger fit lui aussi le plein. Ils se retrouvèrent pour la première fois face à face, n'échangèrent pas une parole. L'étranger ne semblait pas s'intéresser au jeune homme ; lui de son côté fut trop lâche pour demander des comptes à son poursuivant. L'homme conduisait sa limousine en costume trois-pièces, pantalon rayé, veston noir, gilet gris et chaîne de montre en or. Manifestement un homme qui avait réussi. Il porte les mêmes vêtements en ce moment encore, mais semble étrangement dispos, comme si le voyage n'avait pas eu lieu. Le jeune avait tenté de quitter la station-service en se débarrassant de l'étranger, mais il avait suffi de quelques minutes et la grosse voiture le suivait de nouveau. Le fils s'arrêta pour casser la croûte dans un restaurant d'autoroute. L'étranger fit de même et s'installa à la table la plus éloignée. Toujours silencieux. La présence de l'étranger troublait le jeune homme, mais il ne voulait pas le laisser voir. Le malaise se dissipa d'ailleurs au lieu d'augmenter, au bout d'un moment, celui qui était ainsi poursuivi eut l'impression que l'inconnu faisait partie du voyage. Il ne voulut donc pas plus longtemps lui rendre la tâche difficile et s'il lui arrivait maintenant de regarder dans son rétroviseur, c'était pour s'assurer que l'autre était bien derrière lui. Les deux voitures atteignirent la frontière française et la franchirent sans problème. C'est seulement dans la circulation urbaine de Strasbourg que le jeune homme perdit l'étranger de vue.

Mais lorsqu'il se présente à la réception de l'hôtel sa valise à la main, il découvre – reflet de son entrée – l'étranger. A la station-service ce dernier avait parlé allemand, dans le restaurant d'autoroute il s'était adressé en italien au garçon italien. Ici et désormais, il utilise le français le plus pur. Les deux nouveaux clients remplissent leur fiche d'hôtel au coude à coude. Ils continuent à se taire lorsque le garçon d'hôtel les mène ensemble vers l'ascenseur et leur indique leurs chambres, situées l'une à côté de l'autre. En prenant un bain, le jeune homme s'efforce de ne pas penser à l'étranger. Certes, il entend à travers la mince cloison que l'eau coule également dans la salle de bains contiguë. Tout cela est à coup sûr dû au hasard. Pourtant, lorsque l'assassin sort dans le couloir pour se rendre dans la vieille ville, l'étranger lui aussi quitte sa chambre. Les hasards deviennent angoissants. Lorsqu'ils entrent dans l'ascenseur, le plus jeune s'efface sans mot dire devant l'étranger qui le remercie d'un signe de tête. Une fois en bas, le jeune client traverse alors en hâte le hall de l'hôtel et se précipite sur la place Kléber. Il plonge dans la foule et s'y fond. Il parvient sans être dérangé, d'abord au pas de course, puis en flânant, perdu dans ses pensées, à la Maison Kammerzell. Il est en train de commander les plats délicieux du *Menu gastronomique* lorsqu'il éprouve le besoin de se retourner. L'inconnu est assis dans son dos. Il est précisément en train d'indiquer au maître d'hôtel les plats de son choix dans le *Menu gastronomique*, il commande un Gewurztraminer, ensuite un Brouilly.

Le jeune homme regarde fixement les vitres en culs de bouteille, il se sent prisonnier, l'ancienne panique s'est réveillée. A ce moment-là, un brouhaha s'élève derrière lui. L'étranger n'est manifestement pas satisfait du vin, un Gewurztraminer qui déçoit également le jeune client, non qu'il soit mauvais, mais c'est une autre bouteille qu'il avait commandée. Sans un mot d'excuse, le sommelier débouche un autre vin, du même cru. Cet arbitraire est humiliant, mais celui qui vient d'être abusé se tait, il est gêné, alors qu'il aimerait tant laisser libre cours à son mécontentement. Hors de lui, l'étranger exige au contraire le directeur, homme au visage inexpressif en costume sombre, qui écoute la réclamation du client pour lui opposer d'un ton indifférent : je regrette, mais nous n'avons plus en cave le vin que vous avez commandé. L'étranger rétorque alors en haussant le ton : « Mais, dans ce cas, pourquoi ne m'a t'on pas averti ? Pourquoi ce vin n'est-il pas retiré de la carte ? Pourquoi débouche-t-on sournoisement une bouteille différente ? Pourquoi me trompe-t-on ? » – « Personne n'est trompé dans cette maison », réplique froidement le directeur. Dans la salle, chacun regarde d'un air malveillant l'étranger. Pendant ce temps-là, un stagiaire présente le foie gras truffé au jeune client qui, dans son émoi, remarque à peine les mains douces et fines du garçon qui enserrent la lourde pièce d'argenterie. La scène qui s'est déroulée dans son dos a détruit l'instant, le meurtrier dont la sensibilité est à fleur de peau ne déguste pas ce met délicieux, il l'engloutit.

A ce moment-là, tous les convives peuvent entendre l'étranger frapper du poing sur la table, réclamer son manteau, affirmant qu'il va dîner ailleurs, dans une maison où l'on ne trompe pas la clientèle. Tous ceux qui assistent à la scène sont pétrifiés, ne retrouvent leur souffle que lorsque ce personnage impossible a disparu. Mais le jeune homme ne parvient pas à retrouver son calme, il voudrait avoir le courage de l'étrange inconnu. Cette contrariété qui ne le concerne pas, même si sa cause l'a lui aussi touché, l'émeut jusqu'au tréfonds de lui-même. Il pense à l'inconnu, s'interroge à son propos tout en fourrageant sans y prêter attention avec sa fourchette et son couteau dans les plats qui lui sont servis. Le maître d'hôtel s'approche de lui et demande s'il est satisfait. Oui, oui, marmonne-t-il d'un ton distrait, lui dont les pensées sont ailleurs. Cet inconnu est un fantôme, je le retrouverai inévitablement sur ma route, vouloir le chasser de mes pensées serait vain. Et pourtant il n'existe pas, il ne faut pas qu'il existe. Pendant un bout de chemin qui peut certes durer une vie entière, notre double marche à nos côtés, il lui arrive de disparaître à grand bruit ou dans le silence, jusqu'au moment où il se rebelle à nouveau contre nous et reprend forme. Puis la belle apparence se déchire une fois de plus, l'être lumineux et tout d'une pièce se brise en fragments lamentables.

Le prodigue vide son verre d'un trait. Rien ne justifie son attitude présomptueuse, il est en transit quelque part et voudrait avoir sur-le-champ part à l'existence de ceux qui sont chez eux en ce lieu. Il n'a pas le droit de faire entrer de force son existence papillonnante dans le quotidien de gens convenables. La jeune employée du vestiaire elle aussi mène sa propre existence, importante pour elle, et n'aurait pas de temps à lui consacrer. Elle lui sourit, mais ne le voit pas. Que ressentent-elles, les femmes, qui ondulent et se déhanchent, avec leurs mouvements lisses et parfumés, leurs voix magnétiques ? Il se pourrait qu'elles exercent de façon inconsciente leur domination sur les hommes, que les putains elles aussi agissent sans aucune arrière-pensée, de manière tout à fait naturelle, et donc en toute innocence. C'est sûrement ainsi.

Il a trop bu, il refuse l'Armagnac. Il se promet de demander à l'hôtel le nom de l'occupant de la chambre voisine.

Le chemin du retour est dense et silencieux. A nouveau les librairies, la cathédrale sombre, les étoiles, l'Europe tangible comme une jeune peau. L'hôte fatigué oublie alors d'interroger le gardien de nuit. Et le lendemain matin, le soleil d'hiver brille d'un tel éclat que le voyageur a honte de ses délires nocturnes. Au petit déjeuner, il ne revoit pas l'étranger, sans doute cette histoire folle est-elle le produit de son imagination. D'abord *l'adieu* au mort, puis le voyage, on a vite fait dans de telles circonstances d'échafauder des contes à dormir debout. Il quitte la ville dès neuf heures. La nationale l'a accueilli et l'étreint maintenant, l'aventure qui lui fait mettre le cap, à travers des paysages et des villages qui ne sont pas allemands, vers des noms pleins de douceur, puis s'en emparer brutalement, pousser l'allure à chaque ligne droite, plus irréfléchi, plus intelligent, jeter au loin la raison qu'il trimbale dans ses bagages. En route pour Paris, il est tout au bonheur que lui apportent la terre étrangère, la fuite en guise de retour.

Il suit dans une fièvre digne de la *Montagne magique* les lacets du col de Saverne, s'élevant de plus en plus dans son appétit d'une jeunesse qu'il veut posséder. Il est vieux, a toujours été très âgé, la seule chose qui importe c'est la fraîcheur, à laquelle il est facile d'attribuer les vertus de cette planète, même si c'est à tort, il le reconnaît. A Sarrebourg, à Lunéville, près de Nancy, auto-stoppeurs, écoliers avec leurs livres et leurs cahiers sous le bras s'alignent au bord de la route. Ces enfants annoncent des destinations modestes, et parfois même prennent la fuite quand la voiture à la plaque minéralogique étrangère s'arrête auprès d'eux. Il a conscience de son ridicule, mais ne l'accepte pas, car il est fondamentalement passé à côté de son enfance dans la ville des curés en soutane marron et noir, sans la volupté de la foi aux couleurs de roses. L'église elle aussi n'y était que calcul, rien dans la ville de ses origines n'était authentique, pas même la proximité de la musique. Il invite un auto-stoppeur consentant à monter dans sa voiture, pendant cinq ou six kilomètres l'enfance tentatrice à ses côtés. Pourquoi ne rencontre-t-il pas un bel enfant qui lui dirait emmène-moi à Paris, j'en ai assez de ma sagesse, je suis en fuite, emmène-moi !

Il ne faut pas vouloir voler à tire-d'aile. La France est un pays solitaire, lorsqu'on traverse le Rhin, les sentiments changent de place sur l'échelle des valeurs. La solitude non comme malédiction mais comme grâce de la croissance tranquille. Le jeune monsieur descend au Claridge, qui n'y est pas déjà descendu avant lui ? Il y déguste un porto et promène dans sa bouche des olives marron. La verrière le baigne de tons pastels. Un œil jaune, un œil pourpre, le front bleu sombre, la bouche – abîme d'algues vertes. Chaque chose en son temps, les voies du Seigneur sont impénétrables et imprévisibles. Le prodigue comprend que l'homme n'est pas pour rien sur cette terre, il trouve risible le prix de sa chambre située sur la voie des élus. Lui aussi, il va sortir et laissera ses regards errer, il choisit avec le sens aiguisé de ceux qui sont fiancés à la mort l'adresse de l'hôtel qui aura bientôt disparu. Il connaîtra ceux qui ne sont plus, il sera descendu où plus personne ne descend. Le garçon se hâte d'édifier sa légende, la bénédiction du mort l'accompagne. Il chargera les souvenirs sur son dos jusqu'à le rendre bossu du poids du passé. L'art de vivre est l'art d'oublier, l'assassin prouve le crime parfait, ne fait que s'accuser lui-même, sans souffrance, pour la première fois, le prodigue fait un échange dont il tire bénéfice, il bouillonne dans la nouvelle langue avec l'assurance de celui qui a échappé au danger, et à chaque phrase, aussi dérisoire soit-elle, il implore : ne remarquez pas mon origine. Paris est bienveillant, lui prodigue les compliments, dispense sans compter l'absolution d'un hiver doux même aux meurtriers, pays de l'exil, jusqu'au premier mai, où à la minuit des milliers d'enfants affluent sur les trottoirs, jolis visages qui vendent au printemps dans des corbeilles d'osier tressé des brins de muguet, du muguet odorant, ils rient, pas cher du tout, on est assis dehors, on achète, encore et encore, qui pourrait refuser ?

4

Couchers de soleil à la Cité universitaire, où le meurtrier joue l'étudiant bien sage. Il a coulé beaucoup d'eau dans la Seine et dans la Salzach, l'héritage a été gaspillé jusqu'au dernier sou, la mère vit solitaire, solitaire, le fils avance parmi les hommes. Il en sait un peu plus, mais n'est pas encore capable d'avoir les deux pieds sur terre. La mère s'occupe avec piété de ses tombes, et il est à nouveau le favori de quelques vieillards qui lui apportent leur soutien. On ne punit plus pour meurtre. Le hasard a offert au meurtrier des poèmes, récolte maigre et austère qui rencontre un succès modeste. Le demi-poète jacasse aux oreilles de ses victimes. Une bourse à Paris, une chambre individuelle dans la maison la plus agréable de la Cité, le prestidigitateur rayonnant va de succès en succès. Si l'oncle n'avait pas été incinéré, il y a longtemps que les vers auraient accompli leur tâche. Le temps passe vite, la résidence universitaire est mal éclairée, les escaliers craquent, surtout pas un geste, partout il se croit poursuivi, des panneaux de bois noirâtres revêtent les murs de sa chambre. Le prodigue semble vivre de peu. De longues journées, il est seul avec lui-même, il lit, écrit, écoute de la musique. La lumière de l'hiver se brise dans les cimes des pins qui évoquent le Sud sous sa fenêtre couverte de poussière. Cette métamorphose fait naître par magie cloître et orgie sous les yeux du fugitif indécis. Son corps fébrile sur lequel ses mains lourdes d'ennui ne peuvent se rassasier ne remplace le printemps que pour la palpitation d'un soupir. Il a lu Oscar Wilde, il voudrait vivre comme un dandy, mais à travers toutes les tentations, il demeure fils du pays d'où il vient. Le mai, le joli mai… Il viendra, le joli mai, les nuits sont chargées d'électricité, derrière les ombres le danger guette, insaisissable, sans nom, il bande ses muscles en chuchotant jusqu'à ce que soudain jaillissent des étincelles, qu'éclate le feu dans l'arène, les paroles murmurées dans les cafés d'étudiants autour de la rue de la Harpe deviennent slogans hurlés en chœur. L'assassin s'imagine que tout cela ne le concerne en rien. Il mesure la durée de ses baisers à l'aune des mouvements des symphonies de Mozart. Lèvres qui s'entremêlent jusqu'à la fin d'un allegro ou d'un andante. Tâche qu'il faut accomplir comme un devoir, impossible de battre en retraite, que savent-elles, les filles, elles cherchent à reprendre haleine, le poète s'en tient à leurs bouches, il n'a pas le courage de plonger plus profond. Il n'a pas encore lui-même sondé ses propres profondeurs. La jeunesse tout entière défile sous ses fenêtres. Voici le mois de mai. Il lit Oscar Wilde, il est dans cette ville géante le seul qui à cette heure lit ce poète. Voici le mois de mai. Les étudiants défilent. Ils tombent sans y prendre garde dans un pathos militaire alors qu'ils prétendent le haïr, ils piétinent les allées du parc, *à bas de Gaulle, à bas les chefs, à bas les vieux !**, voilà leurs mots d'ordre. L'assassin se pétrifie ; comment pourrait-il oublier qu'il a lui aussi crié *à bas les vieux** ? Non seulement il l'a crié, mais il a aussi... Les cris tambourinent de toutes parts et s'abattent sur le coupable. Il met un disque, ses mains tremblent, la pratique redoute la théorie, gorge sèche, il se réfugie dans le *Voyage d'hiver* de Schubert, mais il s'aperçoit bientôt qu'il reste sur place, voici le mois de mai, il est coincé dans sa chambre obscure, les slogans scandés en chœur au-dehors couvrent la voix du soliste. Il franchit maintenant ses limites, il quitte la maison, se mêle aux enragés. Ils ne le reconnaissent pas, il n'est pas même un grain de sable dans les rouages. Il les fixe de ses grands yeux, ces maigres rebelles, ils ont son âge, ces jeunes au teint olivâtre si différents de lui. Leur souplesse le gifle, lui qui est le fils immuable de ses origines. Mais l'heure de son triomphe arrive aussi ; la colère née en ces nuits de mai chez ces garçons et ces filles les destine à être de nouveaux suiveurs, ils ne le savent pas, se croient uniques, jouent avec l'histoire, c'est la pitié qui convient à cette masse souple comme l'argile, le mai aux jolies vagues sombrera bientôt dans son échec insipide. L'assassin aime cette jeunesse et ses gesticulations, elle ne le concerne pas, il est soudain très vieux, un voyeur comme le sont ses protecteurs, il assouvit son désir en contemplant leur peau couleur rubis dans le reflet des voitures brûlant au long de la rue Gay-Lussac. Il dîne chez un Chinois dans l'un des passages du quartier de l'Odéon. Ce troquet sans nom est situé dans une arrière-cour entre cris de marmaille et linge en loques accroché à des cordes tendues d'une façade à l'autre. On y voit toujours les mêmes clients, l'étranger ne sait guère comment il a accédé à ce cercle d'habitués. Il boit trop et, sans même s'en rendre compte, il se retrouve une fois de plus le dernier client. Lorsqu'enfin il traverse la cour, une femme dans l'embrasure d'une porte tend ses bras de pieuvre et attrape la silhouette chancelante, l'attire à elle, le serre contre sa poitrine, elle ne veut pas de paroles, pas de grandes phrases, *viens mon chéri** ! Il ferme les yeux et traverse tel l'éclair cette nuit de grande première dans le plus aveugle des plaisirs. Voici donc l'immense secret, il voudrait poursuivre ce rêve, mais elle le secoue pour le réveiller, vas-y, vite, encore, mon mari peut rentrer d'une minute à l'autre. La fille nue et avide rejette sa proie dans l'arrière-cour. Une porte claque, il serait incapable de dire laquelle. Il regagne la rue, libéré de la pesanteur, les sirènes de police hurlent autour du Jardin du Luxembourg. Il y a belle lurette que l'heure du crime est passée, dans le petit jour, les carcasses des voitures incendiées deviennent de hardis Brancusi, évêques décharnés de Manzu, musée de demain. A peine adoubé, fait homme, il se désaltère de la douceur paisible des ruines, mais la chaleur du brasier ravage encore ses poumons, il devient le témoin satisfait et repu du sommeil de la révolution. Il va arrêter un taxi et se faire conduire au Pied de Cochon. Il regarde sa montre, cinq heures à peine, il se dit que le mari de cette insatiable doit faire les trois-huit et se met à rire : un opprimé ! C'est aussi pour lui que les étudiants se révoltent ! Au Pied de cochon, il veut gober des huîtres et engloutir un steack au poivre. Il ne connaît pas le nom de l'étrangère. Il va s'envoyer derrière la cravate une bouteille de Muscadet sur lie ou bien de Sancerre, il va se goberger comme il convient à un maquereau. Les mets sont une bénédiction, mais au Pied de cochon aussi il y a des calendriers aux murs, le mois de mai est partout, des types aux cheveux longs et aux yeux pleins d'éclairs se querellent à la table voisine. Le vent des mots souffle fort en ce moment, leurs doigts pointus griffent l'air, mais ce n'est pas une guillotine, le café a un goût de vieux, de réchauffé.

L'étudiant est las ; il se blottit tout seul sur son lit étroit. Au Parc Montsouris, à cent pas à peine de son demi-sommeil, les enfants jouent. Les adultes se tiennent à l'écart, ils choisissent la place la moins chère pour assister au spectacle, l'arc du bonheur est tendu à se rompre. Ne pas faire partie de tout cela, surtout ne pas prendre racine, rester toujours et à tout prix un étranger. *Il fait si bon** s'écrie un garçon blond. Le prodigue apprend l'économie, il apprend à comprendre qu'il y a parmi toutes les promenades *la* promenade, parmi tous les visages *le* visage et parmi toutes les expériences *l'expérience unique*. Le passé, il l'a oublié radicalement, mais il ne croit pas davantage en l'avenir. Il se débat des quatre fers contre les exigences d'un présent aussi modeste soit-il. Que lui reste-t-il d'autre que dormir et rêver de ses adieux, voués à l'échec.

Une plaque de marbre, polie comme un miroir, contenant un escargot incrusté. Des millions d'années réduits à un bel ornement. La forme circulaire du fossile s'enroule sur elle-même, on dit que c'est celle d'une maison. Sept chambres, chacune une maison dans la maison, on dit que chacune contient la moelle d'une existence imaginable. Sept chambres, comme sept maisons, comme une maison, comme un escargot pétrifié ; des mathématiques jusque dans la folie. Les chambres seraient reliées par des portes qui ne pourraient être franchies et verrouillées qu'une seule fois. Quiconque referme une telle porte derrière lui ne pourra plus jamais l'ouvrir. La logique du jouet. On ne pourrait donc habiter cette maison que dans le sens du progrès, un retour en arrière serait impossible. Une maison semblable à l'existence, il n'est pas même nécessaire de commencer par l'édifier, pratique et absurde à la fois, pas la moindre trace de cruauté. Enfin vivre dans une seule direction ! Il faudrait encore percer des fenêtres dans les murs de la première chambre pour laisser entrer la lumière du jour et ne pas exclure la nuit. Ainsi les pièces du début feindraient-elles le monde. Mais le verre des vitres devrait de pièce en pièce être de plus en plus sombre. Tout cela ne serait que préparatifs ! Une fois que ces chambres accueillantes auraient été habitées puis quittées, l'existence de leur hôte se déplacerait vers les pièces intérieures. Tout y serait éclairé à l'électricité, un ameublement froid, plus d'illusions d'aucune sorte. La dernière chambre devrait être le cœur de la maison et le terme du voyage. Silence omniprésent. L'habitant devrait certes reconnaître dès la première pièce que dorénavant chaque mot et chaque geste se briseraient à la résistance de l'air. Qui avancerait ainsi de pièce en pièce serait, malgré l'ennui que procure une telle progression illusoire, saisi de vertige comme s'il vivait à folle allure. Mais quiconque parviendrait en titubant à la dernière chambre n'aurait rien gagné. La pièce déroberait le sol sous ses pas affaiblis, détruisant l'espoir fallacieux qu'atteindre au but serait possible. Bien que l'occupant d'une telle maison sache que cette dernière pièce n'a rien de particulier, cet homme, troublé par ce voyage hors du langage, hors du monde, aurait perdu à l'instant décisif sa certitude. Alors qu'il ne pourrait rien attendre, il attendrait le miracle.

On a vite fait le tour du Parc Montsouris, le promeneur ne parvient jamais à échapper à la ville qui l'entoure. L'assassin note dans son Journal : pourquoi accordons-nous une telle importance à nos villes, aux plus grandes et aux plus célèbres d'entre elles ? L'herbe aura tôt fait de les recouvrir, Paris elle aussi est d'une petitesse qui la mène à la disparition et n'est que tolérée par la nature. – Mais ce ne sont que remarques cyniques auxquelles il ne croit pas lui-même. Il se sent bien dans les villes, il est fier d'avoir coupé le cordon ombilical dont les traces sanguinolentes l'entourent comme une auréole blafarde. Il se réfugie au théâtre, au concert, en société, se repaît d'un semblant de vie sans se rendre compte qu'il est doucement en train de se vider de son sang.

Il fait déjà nuit. Il hait son sommeil trop long, les jours perdus. Il ne connaît les gens qu'à la lumière électrique qui déforme leurs visages, peint leur être particulier de couleurs qui égarent et lui infligent, à lui qui est désemparé, de plus grandes souffrances.

Ils escaladent le mur en un point fixé depuis des jours et des jours. Personne ne doit pouvoir leur reprocher un soudain écart de conduite. La plupart du temps, le mur est trop haut et trop lisse, ou bien il y a trop de lumière, de gens, de circulation. L'entreprise est folie, tentative que seul l'amour peut dicter. Le grand prêtre du petit groupe est peu entraîné aux exercices physiques, il réussit à grand-peine cette escalade hardie, les garçons l'aident. Ils doivent se hâter, si on les découvrait, on appellerait sans doute la police. Même en ce moment, au tout début de l'hiver, Serge porte son pantalon de lin blanc qui resplendit comme un étendard. Raphaël, le plus jeune des trois, se hisse comme en se jouant. Ses chaussures de sport trouvent appui sur la moindre aspérité du mur. Il a quatorze ans, il ne pèse pas lourd, c'est pourquoi il porte le sac marron qui renferme la bouteille, le calice, les bougies. Serge est touchant dans sa façon de prendre soin de l'amant. Il le pousse, l'encourage en lui prodiguant des paroles flatteuses, en l'aidant de ses conseils, pose ton pied sur ce rebord, sur cette avancée du mur. Aucune automobile ne perturbe leur expédition, plus le moindre passant dans ce quartier misérable. Enfin le plus dur est fait, le grand prêtre halète à bout de souffle, les garçons retiennent un éclat de rire, ils se blottissent tendrement contre lui. Ils savent ce dont ils lui sont redevables, et lui aussi connaît le prix de cet hommage. Trois cents francs pour chacun. C'est une grosse somme, la chambre d'étudiant lui en coûte seulement cent soixante par mois, mais l'amour a de hautes exigences. Le chèque du mois prochain était déjà dans sa boîte à lettres aujourd'hui, c'est une chance. Il faudra à nouveau faire des dettes, *et alors**, l'amant ne s'en soucie guère. Réflexion profane. Le grand prêtre a découvert Serge alors qu'il était encore au Claridge. Le groom portait déjà son pantalon blanc, un coup d'œil leur avait suffi pour se comprendre. Ils avaient pris une chambre à l'Hôtel Friedland, le fils de ses origines aimait ce nom, mais Serge ne l'avait pas laissé le toucher et le tentateur avait lui aussi fini par s'endormir, deux enfants chastes dans un grand lit. Ce n'est que beaucoup plus tard que Serge s'était approché de son aîné et lui avait demandé en rougissant : je te plais ? Raphaël est le fils d'un homme riche qui ne veut pas le voir mais subvient volontiers à ses besoins. C'est ainsi que ce beau garçon efféminé vit chez des parents, tantôt chez l'un, tantôt chez l'autre, et le grand prêtre lui prodigue l'amour qui lui est nécessaire. Les deux jeunes gens suivent leur aîné dans l'obscurité du Père-Lachaise. Ils manquent trébucher sur les tombes, tant est sombre la nuit de novembre. Ils s'arrêtent et prêtent l'oreille en se demandant s'il y a du monde. Mais l'amant se repère sans difficulté dans le domaine des morts. Il possède la topographie de ce cimetière, il saurait trouver les yeux fermés les tombes de poètes les plus secrètes, il vient presque chaque jour en cet endroit plein de charme. Les ouvriers du crématorium sont ses amis, il aime s'asseoir avec eux devant leurs fours, il nettoie les grilles, rassemble les osselets, leur apporte du pain et du vin en venant de la ville. Un des ouvriers, dit-il aux garçons, rafraîchit son vin dans la chambre froide, sa bouteille posée contre un cercueil, et le gars l'en sort en riant pour porter d'un air de connaisseur le goulot à ses lèvres. Environ vingt cadavres par jour, c'est peu pour une ville comme Paris, la plupart des gens continuent à préférer les vers aux flammes même si les ongles et les cheveux de ces corps ensevelis de manière traditionnelle continuent à pousser, parfois pendant des semaines, comme l'a prouvé notre ami infortuné. Il montre tout en parlant l'ombre grise qui se dresse devant eux, ils ont atteint la tombe d'Oscar Wilde. Il y a soixante-huit ans jour pour jour, chuchote l'amant, qu'est mort ce grand homme que nous chérissons. C'est en son honneur, pour rendre à sa mémoire l'hommage qui convient, que nous sommes ici.

L'ange de pierre n'a plus de sexe, un salaud de passage l'aura mutilé, le sculpteur laisse son Icare prendre son envol et en même temps l'enferme dans ce bloc gris et hideux. Le marbre était trop cher, l'envol est tristement freiné, émasculé. Tout autour du trop modeste monument, les graffitis d'un goût douteux d'amoureux stupides courent en tous sens et se recouvrent, leur caractère petit-bourgeois fait injure à la décadence du poète mort. La nuit est propice, pas trop froide, juste un peu de vent, déjà une cloche lointaine sonne les douze coups de minuit. Jamais le grand prêtre ne parvient dans le quotidien à une telle ponctualité. Il allume les bougies, il n'a pas peur, il est absolument convaincu de faire ce qu'il doit. La cérémonie a été répétée, elle a pour but d'offrir un peu de vie au poète maltraité, les mots sont superflus, Serge et Raphaël se dévêtent maintenant. L'amant laisse ses yeux excités aller de l'un à l'autre, mon Dieu, jamais jusqu'à présent il ne les a vus tous deux nus en même temps, comme ils se complètent magnifiquement ! Puis il ferme ses paupières, s'arrache au spectacle de leur beauté, prête ses yeux à Oscar Wilde. Les bougies vacillent, leur lumière caresse avec retenue et impudeur les corps élancés. Comme doit être fort le désir du poète mort pour ces créatures ! L'amant embrasse les servants de sa messe. Il prête ses lèvres avides à Oscar Wilde. Les garçons entament leur jeu rythmé, le prêtre sort maintenant du sac en papier le calice et le Dom Pérignon. Il laisse le bouchon décrire un arc hardi et sombrer dans l'obscurité. La bouteille déborde d'écume, les garçons ont le souffle court, l'amant emplit le calice. Il contemple les corps pleins de beauté proches de l'épuisement et boit la première gorgée. Le calice passe ensuite de main en main. Aucun des trois ne serait surpris de voir Oscar Wilde sortir du buisson et s'approcher d'eux, en tous cas le poète *est* parmi eux. Le grand prêtre vide la bouteille en un jet lent dirigé sur l'ange enchaîné. Le champagne pétille et entraîne jusqu'au sol les traces qui blanchissent la pierre grise, l'amant déclame la ballade de *Reading Gaol.* Il regarde les garçons qui se mettent à se balancer d'un pied sur l'autre, ils ont la chair de poule. … *And outcasts always mourn…* Il pourra tout juste payer Serge et Raphaël, et peut encore moins espérer jamais les posséder complètement. Il aurait besoin d'être consolé, il veut que le poète Oscar Wilde le prenne dans ses bras, mais ne rencontre qu'un arbre sans feuilles. Il fait nettement plus froid, même lui qui est vêtu commence à frissonner, mais les garçons sont courageux et ne disent mot.

Eteignez les bougies, rhabillez-vous, leur ordonne-t-il, puis il s'agenouille, baise de ses lèvres humides le nom d'Oscar gravé dans la pierre. Tout est sombre, pas une étoile dans le ciel. L'amant sait qu'il ne doit pas répéter de telles messes. Un prêtre renégat quitte son temple, ils regagnent sans être vus les rues des hommes et terminent la nuit dans un café bien chaud où Serge et le petit Raphaël toussotent de manière suspecte, comme si cette célébration sublime leur avait valu un rhume.

5

L'Amérique ! Un quart de siècle durant, il a résisté, déclinant avec indifférence et lassitude chaque offre, chaque proposition de s'y rendre. Virtuose de son propre entêtement. Sans en avoir conscience, il s'est défendu comme quelqu'un qui connaît le danger, la perdition qu'un nom peut englober et porter en soi : l'Amérique... Sa mère solitaire, qui soigne ses tombes avec fidélité, tente inlassablement de convaincre ce fils difficile qu'un jeune homme doit découvrir le Nouveau Monde. Elle veut qu'il rattrape ce qu'elle a manqué, elle et ses hésitations, et son peintre. Sa mère sans cesse tourne autour du Nouveau Monde sans le nommer, elle insiste d'un air gêné en répétant qu'elle ne pense qu'à l'éducation de son fils. Je veux pouvoir être fière de mon fils unique, essaye-t-elle de le séduire, je te paierai le voyage, il suffit que tu dises oui, ne sois pas si buté ! L'Italie, la France, et même l'Europe en général, tu connais par cœur, va découvrir le Nouveau Monde, et le fils entêté ne se laisse pas troubler, il rétorque jamais, je préfère retourner pour la centième fois à Capri, pour la deux centième à Venise, pour la trois centième dans mon cher Paris. Il ne se contente pas de paroles, il voyage vraiment comme si des fantômes étaient lancés à sa poursuite, toujours vers les lieux familiers, là où depuis longtemps il se croit chez lui, sûr des chemins qu'il suit et de ce qu'il refuse, jusqu'au moment où il rencontre celle qu'il n'attendait pas et qui bouscule sa résistance.

C'est dans un hôtel de Grèce qu'ils font l'amour pour la première fois. La nuit crisse du chant des cigales, que fais-tu, demande hors d'haleine la jeune Américaine, je te pénètre, répond l'amoureux dans un soupir. Ils recommencent le jeu qui leur coupe le souffle, une colombe blanche passe devant la fenêtre du Royal Olympic et les regarde en roucoulant accomplir cet acte qui, banal pour la jeune fille, pour l'amoureux bouleverse le monde. Une rencontre de vacances, ils parlent d'amour, traînent leur erreur à travers la moitié de l'Europe et se forgent des souvenirs sur lesquels ils pourront difficilement bâtir plus tard. L'assassin, qui dans son aveuglement se croit dans l'état de la grâce qui pardonne tout, est attiré vers le lieu de son crime, il parle en termes emphatiques du *festival mondialement connu*, de la beauté du cadre naturel, il va se faire prendre au piège par sa ville natale. Ils louent un meublé, ils recevront des amis, la jeune fille veut pouvoir cuisiner, tout cela commence de façon très bourgeoise. Le soir, ils vont au concert, quand il fait chaud, ils se baignent dans les lacs des environs, vestiges de l'ère glaciaire, comme chacun le sait. Mais le plus souvent ils restent dans leur lit moite, leur désir est réciproque, presque un brin trop démocratique, comment un être peut-il oublier si complètement vers qui hier allait son amour et où est sa place. Il est un traître, et son plaisir à bas prix va réclamer vengeance, il va croître en lui et devenir mortel, c'est la vengeance d'Oscar Wilde qui ne tolère pas le mauvais goût du jeu amoureux entre une touriste américaine et un *habitué** du Père-Lachaise. Par un brûlant après-midi d'août, l'éclair le transperce, il jette sur le lit la fille tiède et la prend, la prend tant et tant qu'elle y perd tout plaisir mais lui, qui a commencé sans joie, reste dur et la transperce de ses coups. Laisse-moi, hurle-t-elle, et pour finir elle pleure, ses yeux se révulsent, l'assassin n'en voit plus que le blanc. Il n'est pas brutal, mais inexorable, ici l'Europe donne au Nouveau Monde une leçon en matière de constance. D'un seul coup, cette fille n'est plus pour lui un être humain, mais seulement une chose, un objet servant à une démonstration. Il ne doit pas faiblir, ce corps que les sanglots ébranlent le fouette et le renforce dans sa détermination. Il ne ressent rien, il doit se concentrer pour rester à ce qu'il fait, pour durer, cela ne laisse aucune place au sentiment. Lorsqu'il se fige enfin dans le froid intérieur qui l'envahit et roule sur le flanc, elle se libère avec la prestesse du chat et se réfugie, elle qu'il a maltraitée, dans la salle de bains, où elle s'enferme. De son côté, il sombre dans un demi-sommeil bienheureux à travers lequel lui parviennent des bribes de pleurs incontrôlés. Enfin il se retrouve, il rentre en lui-même. Son immense fatigue ne lui a laissé que la faim qui le tenaille, l'apaiser est une nécessité d'urgence, il se lève donc lui aussi et veut aller à la salle de bains. Il a dû dormir longtemps, pourtant, la porte est toujours barricadée. La pénombre a déjà envahi la chambre, et maintenant, le comportement de la jeune fille, qui lui interdit l'accès, pousse ses nerfs à bout. Il exige qu'elle le laisse entrer, s'impatiente, se jette de tout son poids contre la porte. Elle lui ouvre sans un mot, noyée dans ses larmes. Elle est restée nue, il veut la prendre dans ses bras mais elle lui échappe et de ses yeux jaillit quelque chose qui ressemble à de la haine. Il n'accorde aucune importance à cet instant, ce mouvement de mauvaise humeur passera. Prépare-toi, on va aller manger, dit-il, et elle s'exécute sans mot dire avec une précipitation qu'on pourrait prendre pour de l'obéissance. Lui aussi s'habille, il enfile son costume bleu et ses chaussures italiennes sans prendre le temps de mettre des chaussettes. Il aime sentir le cuir fauve contre sa peau, voir la nudité de son pied entre soulier et pantalon. Ils quittent l'appartement, toujours silencieux, gagnent un restaurant tout proche où les artistes se retrouvent pendant le festival. Ils n'ont pas réservé, mais on les place bien, à une table d'où ils peuvent voir toute la salle. Ils ont besoin de se distraire l'un de l'autre, car ils ne parviennent pas à engager de conversation, même au bout de quelques verres de Veltliner. Une soirée perdue, cela semble clair. Ils sont en train de picorer leur dessert – la faim s'est elle aussi effacée devant un manque d'envie pâteux – quand quelques chanteurs d'opéra entrent. L'Européen se sent vite excité par leur présence et souffle le nom de ces artistes à l'oreille de sa petite amie. Elle n'en connaît pas un. Ils n'arrivent à communiquer qu'au lit, ou – plus exactement – c'est seulement au lit qu'ils ont, jusqu'à aujourd'hui, réussi à se trouver. Comment pourrait-il espérer faire comprendre à cette évaporée boudeuse l'importance de ces artistes ? Par où lui faudrait-il commencer ? Par un cours d'histoire de la musique, par une introduction à la tradition occidentale des marques de respect que l'on doit à ce qui est exceptionnel ? Ou devrait-il, pour simplifier les choses, présenter ces personnalités comme de gros salaires qui jettent de la poudre aux yeux, les ridiculiser pour toucher cette poupée ? Il ne voit aucun moyen de concrétiser l'intention qui est la sienne, et se drape donc, choqué par les réactions de sa compagne, dans un silence d'autant plus profond. Cette nuit-là, l'Américaine refuse de partager avec lui le seul lit de l'appartement, elle tire sa couette sur le sol et dort toute habillée sur un tapis. Au matin, les cernes de l'insomnie entourent ses yeux de biche, elle met ses habits et ses produits de beauté dans une valise et déclare – ce sont les premières paroles qu'elle prononce depuis l'après-midi de la veille – qu'elle va prendre le train pour Munich d'où elle regagnera le Nouveau Monde en avion. Il est surpris, n'a pas même le temps de répliquer quoi que ce soit et quelques minutes plus tard, l'Européen se retrouve seul dans l'appartement de location.

Alors seulement renaît le dégoût que suscite en lui le lieu de son crime, la ville lui tombe dessus et le roue de coups. Il erre de café en café, au lieu de goûter sa liberté, il s'imagine avec désespoir qu'il a aimé l'Américaine. Il envoie des fleurs à celle qui est au loin, des télégrammes, rien n'est trop cher, il prend son courage à deux mains et téléphone à celle qu'il croit perdue. L'incroyable se produit, la voix de la jeune fille est cordiale, presque tendre, ses paroles le caressent. Il en est au point d'oublier

Capri, Venise, Paris, il veut se rendre sur-le-champ dans le Nouveau Monde.

Il demeure gauche, bien entendu, même s'il y a beau temps qu'il trompe le monde de la main droite. L'enfant voulait écrire de la main gauche, la main du cœur. Mais rien ne devait venir du cœur dans son pays de la bonhomie dorée. L'Etat nain exerçait son pouvoir, projeté violemment jusque dans les mains des enfants. Hurlements, le front rouge de colère : en Autriche, on écrit de la main droite, pas de place ici pour les exceptions ! Le maître représente cette Autriche de la manière la plus ignoble et la plus efficace qui soit. Celui qui refuse de s'incliner sera brisé ! Voilà ce qu'il crache au visage des écoliers. Obéissants, les enfants nés au mauvais endroit baissent la tête. Le maître a raison, tu dois te plier aux circonstances, ordonne aussi la mère. Circonstances qui, plus tard, seront une pâle défense pour les criminels. On les retrouve dans les journaux, les circonstances d'une enfance difficile… Mais mendier l'indulgence ne sert à rien, les jurés n'écoutent pas, les juges ont été formés à la surdité, il est bien trop tentant de prononcer la peine la plus lourde : détruire un être humain. En tremblant, le garçon oublie ses dons de joueur, il s'adapte, la main droite pèse lourd, elle ne veut pas écrire, elle se dérobe, ce gamin ne s'applique pas, son écriture en portera à jamais la marque. Les gens le montrent du doigt, ils hochent la tête. Il ne tarde pas à exercer une rigueur si horrible contre sa propre nature qu'il ne ressent plus que de la souffrance. A peine le viol, la destruction de l'enfant sont-ils accomplis, que l'Etat imbécile enserre dans les archives sa nullité et se tourne vers la modernité. Une très ancienne conception du libre développement de l'être humain vient de traverser l'Atlantique pour enfin parvenir aux crânes alpestres, mais les morts ne sortiront pas de leurs tombeaux. On citera leurs noms d'un air gêné, syllabes gluantes venues de temps obscurs. A New York, un monsieur bienveillant présentera sans penser à mal le mort-vivant à la fille très âgée de Hugo von Hofmannsthal. Il faut que je te présente ce jeune homme, dit avec flamme son protecteur, il écrit des poèmes. Mais la fille de Hofmannsthal manque de cordialité, elle fixe l'auteur de poèmes, ton ami n'est pas si jeune que cela, rétorque-t-elle vivement, elle a tout compris. Elle tend avec réticence sa main tavelée à celui qu'elle a démasqué. *Jeune homme,* raille-t-elle, bonjour, *jeune homme*...

Le prodigue a gaspillé sa jeunesse, il n'a pas grand-chose à présenter en guise de bilan, c'est pour cela qu'il va bien avec le Nouveau Monde, lui l'inachevé. Coupés les ponts qui le reliaient à sa propre origine, une éducation lacunaire en guise de minable bagage à main, et l'idée fixe de la poésie comme une éruption cutanée lui grêlant le visage. Votre acné, tenace, sans aucun doute, dit sans s'y attarder le centième médecin consulté, un exemple classique de l'impuissance de la médecine face à des vétilles. Votre acné devrait s'éclipser avant vos vingt ans. Il dit *s'éclipser* comme on parlerait d'un gamin qui filerait en douce. Dans certains cas, c'est un mal qui s'attarde. Le médecin dit *s'attarde* comme d'un visiteur venu prendre le thé à cinq heures.

Une question d'hormones, rien de plus. Mais rassurez-vous, un régime strict, beaucoup de sommeil, des médicaments atténuent le problème. Il faut consommer des levures, en quantités importantes. Quand vous aurez trente ans, vous pourrez oublier vos misères. Il y a certes des gens, ajoute le médecin, qui souffrent d'acné leur vie durant. Dans ce cas-là, c'est un problème nerveux, rien à voir avec les hormones. En tous cas, je parie dans *votre cas* pour une manifestation tout à fait banale de la puberté. Il rectifie la position de la lampe à quartz au-dessus du patient, l'allume, crépitements légers, une odeur d'ozone envahit la petite pièce. Le médecin sort, il se consacre à d'autres malades moins répugnants. Une lumière aveuglante et bleue enveloppe de sa chaleur le garçon, elle ne reconnaît pas la barrière de ses paupières. Ses yeux sont douloureux. Où que l'attelage grotesque qu'ils forment tous deux dirige ses pas, sa mère n'a rien de plus pressé que d'amener sur le tapis la peau de son fils et ses impuretés. Même quand les gens n'ont pas regardé : mon gamin, il est vraiment repoussant, remarquera-t-elle alors, monstrueux, pourrait-on dire, mais qu'y puis-je, nous avons tout essayé, nous avons consulté tous les médecins de la ville, il y a belle lurette que l'assurance ne nous rembourse plus. Excusez mon fils pour son acné, il n'en est pas responsable, et on ne peut tout de même pas l'enfermer, ce gamin. Elle veut bien faire, elle ne pense pas à mal. L'adolescent hait sa mère, il y a longtemps qu'il n'est plus à côté d'elle, comme elle se l'imagine, mais que l'humiliation l'a fait rentrer six pieds sous terre. Et pourtant, il avait autrefois la peau la plus douce, la plus belle qui soit, ajoute sa mère en haussant les épaules, comme pour dire : ce n'est pas de ma faute s'il est devenu laid à ce point, *moi*, je me suis toujours bien conduite, *je* ne suis pas concernée, *je* m'en lave les mains. Les lampes à quartz, les pommades, les mets sans goût, sans épices, sans viande n'y changent guère, le fils hideux évite les gens et pourtant le désir le ronge, il voudrait que la vue de la beauté le foudroie, il vendrait son âme pour une parcelle de peau nette. Il passe des heures, à la nuit tombée, devant le Café Tomaselli, devant Aïda ou le Bazar, à travers leurs fenêtres, il observe la jeunesse rassemblée autour d'un petit crème ou d'un cappuccino, offerte sans retenue, mais il n'ose pas entrer. C'est ailleurs qu'il pose ses pièges, il ne réussit qu'exceptionnellement à faire tomber ainsi un jeune corps dans ses filets. Il erre dans les cimetières, s'enferme volontiers dans sa chambre, regarde fixement les rues, perçoit les gens comme des insectes bigarrés. Les fausses pistes de l'entêtement, les bottes de sept lieues de son abandon. Il lui reste la dernière correction : la succession de son grand-père. L'administration a fermé hermétiquement le cercueil du suicidé, on n'accorde pas à la mère de le voir une dernière fois comme elle le souhaiterait. Mais enfin, je suis la fille du défunt, s'indigne-t-elle. Le voir ne vous apporterait aucune consolation. Gardez-le en mémoire tel qu'il était de son vivant, cela vaut mieux, croyez-nous.

On apprend à vivre avec soi-même. Cette indépendance par rapport aux autres prépare en douceur à la nuit. Déjà le soir tombe, l'être qui craint le soleil se consume du désir de l'obscurité. Du monde il ne voit que crépuscules qui enchantent certes mais sont malsains car ils rendent triste. Il s'enivre de musique, ses seuls amis sont des musiciens. Ce ne sont pas des êtres du regard, ils ne sont pas heurtés par une peau dévastée. Ils l'accueillent en leur cercle. Dès les premières heures du jour, Alexis W. est assis à son piano à queue dont la compagnie lui est nécessaire tout autour du globe. En jeans et en pull noir, il travaille. Son admirateur se glisse dans la salle. Alexis W. joue l'intégrale des *Variations Goldberg* avant de remarquer la présence de l'importun. Il y a encore loin jusqu'aux rencontres parisiennes, jusqu'à la proximité ultime au Café Voltaire, paroles peu originales échangées, reproches tus, interrogateurs, de s'être mutuellement déçus. Le virtuose à Berlin, chez Kempinski bien entendu, l'assassin à Rome dans l'obscur Anglo-Americano. Un choix cohérent, hideux. Viens, l'appelle le Nouveau Monde, viens donc enfin… Il épargnera tout ceci à Alexis. Il y a longtemps qu'ils sont au lit l'un et l'autre, dans le lit allemand bien chaud, dans le lit romain tout moite, lumière éteinte dans les deux chambres, conversation qui rougeoie dans l'obscurité jusqu'à ce que le jour nouveau monte dans les chambres. Le jour n'est pas le même à Berlin et à Rome. La netteté de leurs phrases ne peut durer, ils le savent tous deux. *Vous allez me peindre en prose**, dit Alexis d'un ton flatteur. La conversation a eu lieu, ce n'était pas un rêve, si seulement c'en était un, car la réalité brise tous les contours d'un amour qui a été, qui est demeuré idée, éclat de verre, déchirure, pourquoi pas au Café Voltaire ?

Et c'est ainsi que l'Europe devient à double titre trop étroite pour le prodigue insolent. Une victime attend dans le Nouveau Monde, ou bien s'agit-il d'une marche au supplice ? Mais son ancien domaine ne veut pas lâcher le droitier gauche. Dès leur toute première rencontre, aux yeux de tous, Barbara baise ses pattes d'homme qui lui demeureront étrangères à jamais. Le baiser de cette étrangère s'abat en pesants éboulis sur le paysage de son souvenir. Leur unique nuit commence tard et de façon ordinaire, elle se déroule dans une telle bousculade que l'échec qu'il connaît devrait à peine le toucher. L'assassin, le joueur, le prodigue, l'être lubrique incapable d'être à la hauteur : le catalogue de ses caractéristiques augmente rapidement pour atteindre des proportions inouïes. C'est seulement dans l'avion, tout au-dessus de la barrière de nuages, qu'il trouve le temps d'un deuil craintif. Il croit savoir qu'en fait Barbara n'était pas si belle. Ce qui rend d'ailleurs son échec d'autant plus douloureux. Les hôtesses sont empressées et charmantes. Il ne se lasse pas de les appeler, il demande du Campari, puis un Dubonnet, du vin, du champagne et un Courvoisier. Avant chaque décollage, dégrisé par la douleur, à l'arrivée ivre de bonheur. Un pays nouveau ; illusion qui dure tout de même un peu. L'oubli serait-il possible ? Il s'oblige au prix des plus grands efforts à ne pas se poser la question. Il défend son droit qui semble être presque devenu crime : son droit grec, romain, florentin, qui l'autorise à parler des hommes. Luxe d'être au cœur de la Création, même si ce n'est que *faute de mieux**. Les voyages en avion éveillent les souvenirs, *mademoiselle, encore du champagne**, elle sourit sans le regarder, comme quand on fait l'amour. Le commandant de bord prévient de possibles turbulences. Alors le voyageur éclate de rire, les turbulences sont depuis longtemps son pain quotidien. Les passagers des rangées voisines considèrent d'un air de désapprobation ce demi-fou. Mais il boucle lui aussi sa ceinture de sécurité, docile à l'ordre diffusé par haut-parleur. Il verra bien si cela le préserve également des turbulences intérieures. Il regarde la couche de nuages sous l'appareil au moment où elle se déchire et dévoile une eau scintillante. Nous avons donc déjà dépassé la France, se dit-il, las. C'est sans doute la Manche, ou même la mer d'Irlande, mais la ceinture de sécurité ne protège en rien. Les turbulences sont inévitables. Le fuyard a atteint cet appareil à la toute dernière minute, sa présence à bord en est la preuve, mais la nuit a été un échec. Il pense à la chambre simple, au lit étroit, juste un peu mieux qu'un cercueil, et à Barbara, restée dans cette chambre. Un rapide baiser sans nécessité, le trajet en taxi, le décollage à l'heure prévue, dix heures. Maintenant, le lâche a huit heures devant lui, surmontera-t-il la distance par un retour en arrière ou par un plongeon vers l'avenir ? Comme s'il avait le choix.

C'est vraiment sur Air France qu'on mange le mieux ; satisfaction douteuse. Barbara, qui lui baisait les mains. La chambre microscopique devait pousser la nudité de la jeune fille vers un dépouillement toujours plus grand. Ils avaient encore été danser au Furstemberg. Il posséderait la perfection de ce corps dans ce lit les enserrant comme un cercueil. Le sommier geindrait pour accompagner les soupirs de Barbara. Elle n'avait pas résisté, elle aussi accordait un prix à la manière dont ils allaient fouetter cette nuit au souffle devenu court pour en faire un instant plein de banalité. Le jour se levait presque lorsque ces deux êtres inégaux atteignirent au terme de leur errance sa chambre d'hôtel sur la rive gauche. Dans l'air du matin, leur souffle s'élevait en blanche vapeur. Le séducteur ne savait pas si d'un tel moment fugitif pouvait naître la dureté indispensable à la tendresse. Peu sûr de son fait, il s'était seulement précipité dans cette intention. La couverture de nuages s'est à nouveau refermée, alors que sur la terre ferme du monde rien ne peut être clos. Barbara elle aussi était pleine de déchirures. Il eut honte. Pourquoi douter de la pureté d'êtres qui, hormis leurs nuits d'amour qui ne sont toujours que des nuits de désarroi, ne vivent rien et donc ne peuvent commettre d'autre erreur que de gaspiller leur temps. Son impatience lui était un obstacle. Il tendit ses sens vers le corps de Barbara. Plutôt se comporter avec légèreté qu'en calculateur comme nous le sommes tous en faisant passer le sentiment avant la sauvagerie, contraignant néanmoins l'homme à nous servir de jouet bon marché. Barbara gémit. Et pourtant, se disait-il, il est bon de trouver des jouets sur notre planète qui déborde de morts. Des morts qui nous poursuivent et que nous poursuivons en une chasse éternelle et sauvage qui ne peut être ni divine, ni humaine, mais seulement usée, bien huilée. Il pensa à son pauvre oncle, au meurtre non expié. Barbara était étendue devant lui, nue. Le lit était si étroit que le corps blanc le remplissait entièrement. Personne ne pouvait s'étendre auprès de Barbara, il n'y avait place que sur elle. L'obscène désir de la nuit ne semblait plus rien valoir. Le séducteur ne voyait plus que son horloge intérieure : tu ne dois pas rater l'instant de ta fuite ! A ce moment-là, disparaissant à ses propres yeux, se limitant lâchement à la retraite qu'offraient les caresses, il se sentit incapable de la posséder. Tes doigts de soie, murmurait la jeune fille, mais c'était sûrement un mensonge. Il détestait ce mensonge et donc la jeune fille. Sa main s'enfonça en elle ; elle était plus étroite que la musique. Il voulait lui faire mal, voulait la pénétrer comme le fait un homme et se rendit compte qu'il n'en était pas un. Alors, avide, Barbara se pressa contre lui. Il ressentit une lassitude soudaine, il lui semblait qu'il allait mourir de fatigue. Barbara l'implorait, viens, je t'en prie. Il s'entendit répondre dors donc, enfin. Elle lui adressa alors un regard métallique et méprisant. Il ne convenait pas qu'il réponde à un tel regard. Que voulait-il dire par ses clins d'œil, par son tic nerveux ? Il se vengea par son impuissance. L'échec devint intention et but. Sommeil fragmenté dans la lumière croissante. Resté hors d'atteinte de cette triste union, le fuyard fit son bagage, déposa avec une indifférence pathétique un baiser sur le front de la belle endormie, quitta la chambre, paya la note et en route vers le Nouveau Monde ! Assis dans le jumbo-jet, il flirte avec son impuissance. L'homme dépourvu de colonne vertébrale est citoyen du monde. Il ne jettera pas l'ancre, ne redoute pas les tempêtes. L'avenir du joueur est incertain. Il somnole au-dessus du vaste Atlantique, il rêve.

Maintenant, la mère qui se voue avec fidélité à ses tombes peut être fière de son fils unique. Un lâche – et après? Il pénètre dans une maison où personne n'a besoin de lui, il se persuade d'un amour auquel il ne croit pas lui-même. Il cherchera le portrait de sa mère dans tous les musées du renoncement austère, il traquera mille espoirs, et qui ne trouve pas pourrait être sauvé.

6

Raconter une histoire en allant à ce point au fond des choses qu'elle en suscite une nouvelle. Pourquoi pas ici, en cet endroit le plus invraisemblable, dans les circonstances les plus invraisemblables, à Palm Springs, au cœur du désert. Une millionnaire a mis sa villa à la disposition de cet être insouciant, elle ne souhaite pas vivre plus longtemps dans cette maison du décès de son mari. Palm Springs, dit Agnès, la millionnaire, c'était *notre* cadre de vie, seule je n'ai plus rien à y faire. Je ne voudrais pas y passer une seule nuit depuis que mon mari m'a quittée. La propriété sera vendue, l'affaire est décidée, mais avant, la millionnaire va se rendre en Angleterre pour voir sa fille, car cette pauvre petite, qui en est à son troisième divorce, a besoin du soutien de sa mère. Pour la villa, il n'y a aucune urgence. Une agence fiable règlera la question au moment le plus favorable. L'insouciant peut y habiter aussi longtemps que cela lui conviendra. Ainsi, au moins, la propriété sera gardée, dit Agnès. Il y a treize pièces, il n'est donc pas difficile d'éviter la chambre mortuaire si l'on est superstitieux. On a vite fait d'oublier le mort, on ne croit pas aux fantômes, la maison est aux confins du désert, dans ce que l'on appelle le Sud paradisiaque où il n'y a pas de fantômes. Ici, il n'y a que du soleil et la nuit, la voie lactée. Il y a aussi le vent hurlant à travers le sommeil que déchire le plaisir. Un haut mur protège du sable du désert, de l'extérieur, personne ne voit ce qui se passe dans le jardin. C'est l'hiver, il fait merveilleusement chaud. L'insouciant n'est pas seul dans la villa, il a amené une famille qu'il connaît à peine et qu'il appelle pourtant déjà sienne. Il sert au monde et à lui-même une nouvelle histoire. Des folies comme lui seul les maîtrise, vécues de façon si intense et extrême qu'il lui sera par la suite difficile de croire à la vérité de sa vérité. Comment se pourrait-il qu'un jeune homme, sans moyens et sans équilibre, étranger dans ce pays, rencontre cette millionnaire dans un bar de l'aéroport de Boston, cette Agnès venue de l'Ouest envoûtant qui au bout de trois drinks lui propose sa villa et en plus sa Lincoln Continental, sans arrière-pensée, il ne faut pas qu'il s'imagine des bêtises, elle a un fils de son âge, alors… La villa et la voiture, s'il en a envie. Elle n'a pas trop bu, il faut le noter. Un coup de fil suffira. Il l'écoute à peine et rejette ses phrases, bavardages de bar, mais il note tout de même l'adresse.

La créature qui l'a attiré dans le pays a un frère, et ce frère a bien entendu une copine, qui pour sa part a une sœur. Cette sœur se retrouve enceinte à seize ans – le père, une rencontre de bar qui a depuis longtemps disparu dans la nature – et met à dix-sept ans au monde un garçon avec lequel elle vit misérable chez sa mère et sa sœur. L'insouciant entre dans cette maison minable de Nouvelle-Angleterre, les dés sont pipés, le sol craque sous ses pas, la jeune mère est belle, et il traîne tant de qualités particulières derrière lui : prodigue, assassin, lâche, séducteur. Il lui faut posséder cette fille dont le savoir-faire sensuel se dessine sur ses lèvres, il entend les cris du nourrisson et maintenant, après tant de mort, il lui faut la vie. Il va recommencer à zéro, il l'a toujours voulu, un nouveau commencement, comme si quelque chose déjà s'était achevé. Toujours en avance d'un chapitre, construisant sur le vide et sans fondations. Il veut l'impossible, l'exige avec impétuosité, jusqu'au moment où il n'a que des débris en main. La première nuit déjà, dans ce lit de jeune fille dans cette chambre de jeune fille dans la maison de la mère, lui fait oublier l'autre. Il s'est introduit en catimini, comme dans un opéra, le nourrisson dort d'un sommeil profond et ne dérange pas les amants. La mère est si jeune, il ressent pour la première fois ce mot dans un sens nouveau, qui le trouble. Si loin des ténèbres de ses origines, le séducteur apprend la vie, il s'exerce à parler une langue nouvelle, s'arrête, étonné, incrédule. Il pose sa main sur la bouche de la bien-aimée, il ne faut pas que le plaisir qu'elle éprouve réveille tous ceux qui sont dans la maison. Il suffit qu'il reste lui-même éveillé. Parfaitement lucide, lucide à en exploser. Sa jouissance est-elle réelle ou lui joue-t-elle la comédie ? Jamais il n'a pu croire qu'il possédait le don d'offrir l'extase à d'autres corps. Ce n'est pas son propre plaisir qui lui importe. Il fonde avec cette seconde maîtresse une tradition, celle d'une attention minutieuse aux soupirs d'autrui. Il plonge plus avant dans sa trahison. Il doit aimer ce qui tolère son contact, voilà une autre malédiction, car il lui faudra encore découvrir tous ceux qui se laissent toucher. Il continue à trouver exceptionnel ce qui est passe-temps pour les autres. Il pressent vaguement à quoi cela mènera. Cela va les mener, lui, la jeune fille et son bébé, dans la villa d'Agnès en plein cœur du désert. Il n'y avait là que le soleil, les étoiles et le vent, et il y a maintenant en plus un couple grotesque, un nourrisson trop souvent ressenti comme un fardeau, de sauvages étreintes sans cesse recommencées, une histoire et partout le mensonge. C'est l'hiver, il fait merveilleusement chaud.

Ils se répètent, devenus ainsi partie de la nature. Deux enfants qui ne sortent de la chambre qu'à la nuit. Ils passent à côté du paysage de leur rêve. Le soir, ils nagent dans la piscine, portent l'eau accueillante à ébullition sous l'ardeur de leur passion. Tous deux arrivent du froid, d'une contrée où les vérités ne valent plus, qui pourrait leur en vouloir de ces premiers débordements ? Ils découvrent une cave à vin. Grisée, la jeune mère fête ses dix-huit ans dans ses bras. Ils cherchent fiévreusement un arbre de Noël, ils veulent un vrai sapin. Ils trouvent l'arbre, l'achètent, le décorent, et passent tout de même la soirée du réveillon parmi les cactées du jardin. Ils entrent dans l'année nouvelle dans une nudité paradisiaque, seul le nourrisson porte sa couche. Ils vivent sans ordre, et comme seul l'enfant leur rappelle le temps, ils dérivent. Tout prend dans leurs têtes une netteté absolue, il n'y a pas lieu de réfléchir. Il décroche le téléphone et fait établir des communications pour l'Europe. Il raconte partout le miracle : je me suis marié, j'ai trouvé mon enfant, je ne vous en avais jamais parlé, mais cet enfant, je l'ai fait à Paris. Ma femme a été ma maîtresse parisienne, c'est bien connu, ils sont partout, ces Américains. Et il le sent, à travers le téléphone, il a convaincu, les gens le croient. Le prodigue, l'assassin est devenu du jour au lendemain un petit-bourgeois, heureux avec sa petite famille. La vie mesquine commence, même si pour l'instant elle se déroule à Palm Springs. Il se fait envoyer des télégrammes de félicitation et des billets de banque, ceux qu'il abuse jouent le jeu avec enthousiasme. La jeune mère est toute surprise lorsqu'elle entend son sauveur mener au téléphone de grandes conversations dans des langues étrangères. Elle ne suit pas encore, mais ce sera bientôt à son tour à lui de ne pas suivre, pauvre fou... Car il n'est pas un homme, la chose est claire, il devient par trop rapidement un mollasson gémissant. La dureté ne l'attire pas, la virilité le repousse. La beauté l'enchaîne et le fouette jusqu'à le laisser inconscient sur le sol. Dans la mousse moelleuse sous les palmiers dattiers, pas un être humain, ils sirotent du *date shake,* un brin trop sucré, et partent en randonnée dans les profondeurs de l'oasis. Le canyon se rétrécit, il devient d'une étroitesse oppressante, le lit du fleuve est sec depuis des mois, la verdure diminue et le désert gagne du terrain. Réserve d'Indiens disent de vieux panneaux indicateurs à peine encore lisibles, mais eux trois, qui les protégera ? Il porte le nourrisson endormi, affirme avec vanité qu'un être vivant ne mérite cette dénomination que lorsqu'il parle. Je ne supporte pas les bébés, dit-il en embrassant le petit. Mais on ne peut pas revenir en arrière sur tout. Lui, l'Européen, a peur au cœur de cette nature. Il veut parler, il a besoin de ces bavardages, seul rempart face au désert qui les entoure. Quiconque maîtrise le langage ne fait pourtant que s'imaginer la proximité, ouvre sa bouche pour émettre dans l'instant même des fausses notes. Les conversations échouent, même ceux qui croient s'aimer se déchirent de manière irrévocable dès qu'ils parlent. Tu ne fais que m'exploiter pour satisfaire tes appétits, lui reproche-t-elle, tu voudrais garder ta vie pour toi. Si les choses se passaient selon tes désirs, nous ne sortirions pas du lit. Tu voudrais m'éteindre comme on éteint la télé, sauf quand tu couches avec moi. Pourquoi ne me parles-tu pas de ton passé ? Je ne sais absolument rien de toi, alors que tu sais tout de moi.

Parce que ce n'est pas sorcier de tout savoir de toi, voilà ce qu'il voudrait dire. Parce qu'il suffit de regarder une fille pour avoir tout compris. Mais c'est son point de vue, son sale orgueil, son apprentissage auprès d'Oscar Wilde, à côté de cela il y a le vacarme des balivernes sur le secret de la femme, il y a, démesurément importante et vieille de plusieurs millénaires, la vénération des mères. Elles sont adorées pour leur plaisir, leur narcissisme, leur chaleur animale. Chacune d'elles une Immaculée Conception, une sainte nuit de la nativité et du vouloir vivre qui suit la nuit de lutte, de sueur, de halètements de la conception. Et il veut savoir, apprendre, comment as-tu soupiré avec l'autre ? En quoi les hommes se distinguent-ils les uns des autres, êtes-vous capables de reconnaître un homme à la façon dont il vous pénètre comme à son nom, explique-moi ce que tu as ressenti, en ton esprit, en ton corps, décris-moi tout cela avec une précision clinique ! C'est comment, d'être une femme ? Pourquoi votre plaisir est-il infiniment plus grand que le nôtre ? Il assaille celle dont l'expérience ne passe pas par les mots jusqu'à la faire sangloter, hurlant laisse-moi en paix ! Il l'envie pour l'autre côté, la liberté de ses nuits d'enfant, la liberté du pays qu'elle respire sans se poser de question alors qu'elle lui apporte effroi, ivresse et l'entoure comme une étreinte envahissante, sauvage et pourtant froide. Il aimerait savoir lui aussi étreindre ainsi, mais il n'est pas fait pour la proximité. Il pense soudain à son oncle, à la ville mensongère de ses origines, à l'homme étrange de la Maison Kammerzell et il s'ébroue comme un chien mouillé. Qu'est-ce qui t'arrive, tu as froid ? demande la mère en lui reprenant son enfant. Ne va pas me tomber malade, dit-elle et la banalité salvatrice est rétablie.

C'est à Mexicali, à trois heures de voiture en allant vers le sud, qu'ils se marient. Le fonctionnaire mexicain ne pose pas beaucoup de questions, les taxes d'un montant dérisoire et un bon pourboire lui suffisent. Le mariage est la plaisanterie d'un après-midi pendant lequel le jeune marié suit du regard les jolis garçons de la ville. Ils s'en rendent comptent et le sifflent, mais c'est amical. Le prodigue, qui n'a jamais voulu se lier, a retourné son poing contre lui-même. C'est un premier coup, que ne suivront plus dès lors que des crimes contre sa propre nature. Nul n'a jusqu'à présent dirigé tant d'hostilité contre soi-même que le jeune époux enchaîné dans des liens tout neufs. A peine sont-ils de retour dans la villa d'Agnès qu'être au lit a moins de charme. Ils vont de chambre en chambre sans éviter la chambre mortuaire, essayent les matelas de la maison, comprennent vite et ne disent rien, la glu est déjà sèche, l'union ne masque pas les fissures. Il rêve des jeunes Mexicains, il parle à la mère du petit des garçons qu'il a eus, et elle arbore un sourire de madone. Elle fait mine de comprendre, de ne pas être effarouchée. Mais il ne connaît que son corps, il ne connaît pas sa tête. Aucune femme ne pardonne à un homme qui n'a pas absolument besoin des femmes. Comme si elles redoutaient que leur espèce ne se rassasie dans une indifférence surhumaine. Les femmes, il lui faudra l'apprendre, se vengent toujours : mères, maîtresses, épouses, filles, Erinyes, et aussi, ce n'est pas leur moindre vengeance, elles sont *la* nature. La flétrissure apparente.

Mais ils n'en sont pas encore là. Agnès leur fait parvenir en guise de cadeau de noces un billet d'avion au nom de la jeune mère et de son enfant, pour n'importe quelle destination d'Europe. Le but est ouvert, personne pour l'instant ne sait pour combien de temps. Ce cadeau n'est en aucun cas une mise à la porte, bien au contraire, Agnès prie la jeune famille de rester dans sa villa. Tant de vie finira peut-être par chasser cette odeur de mort, c'est ce que dit la millionnaire au téléphone. La façon dont elle dit cela permet de supposer que la perspicacité d'Agnès n'est pas particulièrement développée, mais plutôt pervertie par les parfums coûteux. Méchanceté européenne, la jeune maman est scandalisée, comment fais-tu pour tout de suite penser des horreurs ? Il se pose la même question, comment fait-il donc ? Et comme l'hiver touche à sa fin et que les jours allongent, ils parviennent désormais assez régulièrement à profiter de la lumière du soleil. Ils se félicitent de voir les jours rallonger, est-ce qu'ils doivent ainsi laisser dans l'ombre le fait qu'ils quittent le lit de plus en plus tôt, lassés de leur jeu fiévreux, avides de l'air de l'extérieur et de cette belle solitude, pouvoir avancer dans les rues sans marcher mains enlacées ? Mais ensuite, au supermarché où ils achètent du lait et des couches, ils s'embrassent soudain avec un désir fébrile et désespéré, et les clients troublés hochent la tête. Cela n'a plus rien à voir avec la passion, c'est l'étreinte de condamnés au pied de l'échafaud.

Il le connaît, cet ultime baiser. Il fut un jour le dernier, avant tout commencement, il se souvient bien, et depuis, les baisers ont pour lui perdu toute valeur. Mais quand il s'y abandonne tout de même, c'est un dérapage vers la routine, comme lorsque l'on boit ou mange, trop et sans mesure, justement lorsqu'on n'a de goût à rien. Et exceptionnellement, il évoque pour la partenaire de sa belle aliénation ce que l'on nomme le passé. Il traîne son monde comme un lourd bloc devant la jeune fille, souligne que le passé n'est pas révolu, dévoile à Palm Springs son amour des cadavres, qui le tient toujours et rayonne autour de lui, le couvre de son ombre, le rattrape et le pourchasse, en dépit de toute nouveauté. Cette rage ne saurait se dire. Comment peut-il s'imposer à une jeune femme de dix-huit ans ? Il hurle, tu dois me sauver, tu m'entends, il faut que tu sois ma passerelle vers la réalité, tu dois me délivrer, tu m'entends ! Or elle ne s'est jamais mis dans la tête d'être là pour un autre être, seulement, aujourd'hui, elle ne le sait pas encore. Elle verra dans très peu de temps les choses plus nettement, pour l'instant, elle se tait avec solennité. Leur déménagement compliqué, l'exagération de leurs caresses, le nombre démesuré de leurs déclarations d'amour, même et surtout en présence de tiers, ne convainquent pas. Ils volent vers l'Europe sur la Panam, vol sans escale, onze heures gaspillées et ensommeillées s'étendent entre l'océan Pacifique et l'aéroport d'Heathrow, nœud gordien où il devra irrévocablement décider de leur destination finale. Il va passer une vie entière à Heathrow en se demandant où aller, et pour quoi faire ? Il se demande aussi d'où il tire l'argent qu'il dépense sans compter. Il l'ignore. Des amis en Hollande, âgés et pleins d'expérience, le dissuadent de poursuivre cette relation. Les yeux de la fille sont trop vagabonds, elle n'a pas encore jeté l'ancre, elle cherche encore, ce n'est pas à cela que ressemble l'amour. Ils offrent au couple en cadeau d'adieu un billet de mille florins "pour l'enfant". A l'hôtel, la femme dépose sa bague de fiançailles et son alliance dans une coupe près du lit. Ils sont sur le point de quitter Amsterdam quand elle se rend compte qu'elle ne les a plus. Ils reviennent à toute allure sur leurs pas, se précipitent dans la chambre, et ne retrouvent évidemment rien. La femme de chambre affirme ne rien avoir trouvé, ne rien avoir gardé. L'affaire est évidente et cependant rien ne peut être prouvé. C'est de mauvais augure, il l'exprime en laissant libre cours à son besoin d'employer des termes cassants. Dans le nord du pays, ils ne roulent même pas depuis deux heures, elle exige, elle qui jusqu'alors a gardé silence, une nouvelle étape. On trouve un motel près de la mer, et tout un après-midi, un soir et une nuit entière, elle ne veut rien d'autre que ce qu'elle lui reprochait d'être seul à vouloir sous les palmier dattiers. Il ne l'a jamais vue si exigeante, si blessée. Elle veut qu'il la lave de ce présage funeste avec sa semence, elle veut l'étouffer sous les assauts de la passion. Ils n'échangent pas une parole, dans cette folie, c'est seulement lorsque l'enfant pousse un cri qu'elle éclate de rire en disant que tous les hommes du monde ne lui suffiraient pas. Il me faut davantage. Cette phrase le poursuivra, présage, confirmation scintillante d'un amour impossible. Il lui faudra un jour présenter cette *famille* à sa mère, il est terrorisé à l'idée de boucler la boucle, de charger l'illusion d'une fuite réussie du poids de l'inexorable. Ils vont s'épouser, à nouveau, selon le rite de l'église catholique et romaine, dans une petite chapelle de cette ville prostituée, noces mondaines et privées, mais au cours du repas de noces, il chassera le prêtre en criant à tue-tête son mépris du mariage. Puis sa mère à nouveau pleurera, et les quelques faux amis riront, la mariée, toute de blanc vêtue, des fleurs dans les cheveux, ne comprendra rien. Elle aura vite fait d'apprendre sa langue, cependant les prémisses sont fausses, non seulement chacun parle sans écouter l'autre, mais les mots sont utilisés comme des armes, ce sera une guerre sale, sanglante, il a lu dans un livre de science-fiction quelque chose qui concernait la matière et l'antimatière, elles se ressemblent tout à fait et se détruisent pourtant dès qu'elles se touchent.

7

Je suis assis sur une des marches de l'escalier de l'immeuble et j'attends. Si je tendais une main, la gauche ou la droite, je pourrais atteindre notre porte, mais elle est fermée à clé. Ma mère n'est pas à la maison. Elle va peut-être bientôt rentrer, mais il y en a peut-être pour longtemps avant qu'elle regagne la maison. Je dois attendre. Quand je suis parti pour l'Italie, il y a quelques jours, pour le fin fond du Sud, elle m'a prié de laisser mes clés. Tu n'en as pas besoin pendant ton voyage, tu risques de les perdre, donne-les moi ! Je n'ai pas voulu discuter et les lui ai données. Et maintenant, elles sont dans le deuxième tiroir en partant du haut de l'armoire de l'entrée, à la place qui leur est affectée, à deux mètres de moi, derrière la porte fermée à clé.

Le silence qui règne dans la cage d'escalier me pèse. Au début, j'ai dit à mi-voix quelques mots, puis des phrases tout entières. Mais bientôt, je me suis tu à nouveau, et je garde encore silence. Je me crois responsable de ce silence, même si je ne l'aime pas. Il paraît que soixante familles, plusieurs centaines de personnes habitent l'immeuble, on l'a déjà dit, ce n'est plus une surprise. Maintenant, tout est calme, et je serais incapable de dire s'il y a quelqu'un derrière les portes palières peintes en blanc. L'immeuble semble mort, la cage d'escalier ne sert à rien, car tout le monde utilise l'ascenseur. Moi aussi, je l'ai pris pour gagner notre étage. Et je me retrouve assis sur cette marche qui est froide, poussiéreuse, c'est mauvais pour la santé, comme dirait ma mère. Quand elle va enfin rentrer, quand elle ouvrira la porte de l'ascenseur, je me lèverai vite, pour ne pas avoir à entendre ses reproches. Quand va-t-elle donc revenir ? Le silence de l'après-midi – ils sont tous au travail ou en train de se promener – est incroyable.

J'en sais déjà un peu plus à son sujet. Je viens de regarder ma montre, cela fait deux heures que je suis assis devant la porte de notre appartement. J'ai dit que ce silence était pesant, c'était une erreur. Bien au contraire, il éveille l'espoir, invite au rêve. A intervalles irréguliers, le téléphone sonne quelque part dans la maison et ailleurs, une sonnerie de porte fait sursauter. Le silence sert seulement de cadre à ces gens qui téléphonent ou veulent qu'on leur ouvre. Mais toutes les sonneries s'épuisent sans être entendues. Je suis vraisemblablement le seul à percevoir ces appels qui s'adressent à tous. Seulement moi, ils ne me concernent pas.

Quand je suis arrivé, il y a plus de deux heures, il m'a semblé que régnait une chaleur insupportable dans la cage d'escalier. J'ai eu vite fait de retirer mon manteau, de tomber la veste, mais je me suis aussitôt mis à trembler de froid. Je me suis donc rhabillé, et me voici assis dans l'escalier, vêtu comme en plein hiver, et cependant transi de froid, en train d'attendre. Je pourrais tuer le temps en allant dans un café, au cinéma, à la bibliothèque, mais après ce long voyage, je suis tout simplement trop fatigué pour me remettre en route. L'idée que je suis remonté sans étape et sans rencontrer d'obstacle, que j'arrive du fin fond du sud de l'Italie dans un temps extrêmement bref, car je voulais être le plus vite possible à la maison, cette idée maintenant se rit de moi et relègue à l'arrière-plan la certitude d'être arrivé. Etre à la maison signifie avoir sa clé. De Brindisi à cette ville-ci, la voie était complètement libre, les routes étaient presque à moi tout seul, même les cols alpins tant redoutés n'étaient pas encore fermés pour cause d'enneigement. Au cours de mon voyage, j'avais eu faim et cependant, je m'étais passé de repas, j'avais lutté contre le temps par les vitesses les plus extrêmes, jusqu'à la porte de notre appartement toutes les circonstances m'avaient été favorables. Et maintenant…

Un type qui colle des prospectus à toutes les portes vient de descendre l'escalier. Il est évidemment obligé de renoncer à l'ascenseur s'il veut accomplir sa tâche de façon rationnelle. Je représente immédiatement un obstacle pour lui, car ma valise est aussi sur les marches, à côté de moi et empêche de passer. J'ai donc été contraint de me lever afin de faire place. Je me suis écarté devant ce type. Nous ne nous sommes pas salués, pas même d'un signe de tête, sa façon de se faufiler furtivement m'a rappelé la période où, jeune garçon, je traînais à la gare, mais il est naturel que le type se demande ce que je fais là, tout comme je me pose des questions à son propos. Pourtant, j'étais presque content qu'il m'ait fourni un sujet me permettant de tuer le temps dans cette cage d'escalier, mais maintenant, alors que j'entends encore le bruit de ses pas à l'un des étages inférieurs, je sais qu'il ne peut être un sujet pour moi. Qui se trouve dans la position la plus favorable, ce type qui distribue des prospectus publicitaires ou moi ? C'est moi, sans discussion, mais j'ai tort d'avoir autant d'assurance, car à cette heure, je ne suis rien, je suis seulement quelqu'un qui attend, frigorifié, alors que lui, en distribuant ses prospectus, est un homme qui agit. Il accomplit une tâche. Néanmoins, au bout du compte, nous sommes tous deux, lui et moi, de tristes sires, voilà l'idée qui me traverse la tête. Nous pouvons nous réjouir de ce que personne ne nous voie. Qu'a-t-il collé à notre porte, ce type ? Je pourrais attraper le bout de papier et le lire, mais ces pubs ne m'intéressent pas. Le prospectus est destiné à ma mère, c'est elle qui s'occupe des courses, à elle de le lire.

Devrais-je prier un voisin de garder ma valise jusqu'à ce soir, car à ce moment-là, ma mère sera bien obligée de rentrer ? Je serais plus libre et je pourrais aller faire un tour. Mais dans cette maison, que signifie le terme de *voisin ?* On ne se connaît pas ; on ne se salue pas davantage. Je ne peux envisager d'importuner qui que ce soit de la sorte, je préfère attendre.

Et cependant, j'ai hâte de me mettre au travail. C'est pour travailler, rien que pour travailler, que je suis rentré prématurément. Il m'est venu une idée, cela ne m'était pas arrivé depuis longtemps, tout là-bas, près de Brindisi, et d'un seul coup, j'ai su que le voyage avait pris fin. Mon projet de visiter d'autres villes, de rencontrer d'autres gens, se trouvait d'un seul coup vidé de son contenu. Je n'avais plus qu'une seule idée, rentrer, et n'obéissais plus qu'à cette impulsion.

Ma valise est bourrée de lettres, de livres et de documents. Pour m'occuper, pour me familiariser avec le travail, je pourrais me mettre à les lire, les classer, les étudier. Mais justement, alors que je me suis enfin décidé à ouvrir la valise, le soir tombe. L'hiver est une période nocturne, les journées ne sont que des allusions, le soleil se transforme en plaisanterie douteuse. Je suis obligé de tenir compte, pour essayer de lire, de l'éclairage électrique de la cage d'escalier, et j'appuie sur le bouton rouge qui brille comme braise dans la pénombre ruisselante. Par souci d'économie, on a installé dans cet immeuble collectif une minuterie qui s'éteint au bout de deux minutes, c'est un rythme qui ne permet pas de travailler, je referme donc ma valise et je reprends mon attente comme précédemment.

La nuit devient définitive. Pour la première fois, j'envisage l'éventualité que ma mère ne revienne pas. Elle pourrait être partie en voyage, un voyage indispensable, impossible à retarder, tout peut être imaginé, que sais-je donc, et tout ce qui est imaginable est possible. J'essaye de décider jusqu'à quelle heure je suis prêt à poursuivre mon attente dans la cage d'escalier. J'établis, en le redoutant, un plan d'urgence, je détermine l'heure à laquelle je vais me réfugier dans un hôtel. J'hésite à faire de manière prématurée cette démarche, dont l'idée m'est odieuse.

Les occupants de l'immeuble rentrent chez eux. Les portes de l'ascenseur sont ouvertes et refermées, tout le monde revient, la journée de labeur est passée. Je ne souhaite qu'une chose, ne rencontrer personne, pourvu que personne ne me découvre ici ! La minuterie est allumée de plus en plus souvent, entrecoupée de petits îlots d'obscurité. Je fais l'expérience de la différence entre lumière et ténèbres. Ils n'ont jamais été à ce point éloignés l'un de l'autre, la distance qui les sépare devient démesurée, cette idée me traverse. En fait, l'obscurité est plus agréable, plus séduisante, elle ne demande rien. Quand il n'y a pas de lumière, je peux revivre le voyage qui a pris fin il y a quelques heures seulement. Le souvenir de cet hiver qui commençait en Italie, de l'odeur des champs brûlés, ce souvenir anéantit mon attente. Lorsque la lumière s'embrase, cela pourrait être ma mère qui enfin entre dans l'immeuble et monte par l'ascenseur jusqu'à notre étage. Mon impatience renaît alors pour deux minutes. Mais notre immeuble abrite, chacun le sait, plus de soixante familles, plusieurs centaines de personnes, je me répète… Chacun allume la lumière et emprunte l'ascenseur, en arrivant et en repartant. Ma mère peut tout comme mon attente être abstraite de l'activité de cette maison à six heures du soir. Elle va peut-être rentrer bientôt, ou bien elle rentrera tard, pourquoi suis-je tellement certain de son retour ? La simple habitude de revoir nuit après nuit la lumière du soleil ne nous prouve pas qu'il se lèvera demain, disait le professeur de mathématiques qui était aussi un chanteur. Il pourrait se faire que nous demeurions un beau jour dans l'obscurité, seule la vraisemblance s'oppose à cette idée, disait-il, ou bien le chantait-il ? Mon attente est fière, je devrais attendre plus modestement, avec un brin de peur sous ma peau gelée, insensible.

Mais la vraisemblance, c'est bien peu de chose.

Il me manque une clé, un tout petit objet qui changerait tout et que détient ma mère. Ma mère est la clé, suis-je tenté de dire. Il fait froid, il fait nuit, tout le monde est rentré. J'ai accompli le plus épuisant des voyages, brûlant d'impatience, hors d'haleine, pour échouer devant cette porte, échouer face à une clé, face à une absence.

8

Quand il joue à cache-cache avec ses enfants, il se cache si bien qu'il n'est plus du tout là. Alors, au bout d'un moment, les enfants crient *our papa has disappeared* et se glissent apeurées dans la maison auprès de leur mère. Il ne voulait pas leur faire peur, il avait seulement pris le jeu tellement au sérieux qu'il avait complètement oublié qu'il s'agissait d'enfants. Au fond de sa cachette, il s'attend au pire. Comme si ce n'étaient pas les petites, mais un ennemi terrible qui pourrait le découvrir. Si quelqu'un a peur ici, c'est bien lui, la peur domine son existence. Il se voit entouré d'assassins et de pièges funestes, il n'envisage que le pire et peine à distinguer le passé du futur. Son attente devient souvenir, et son souvenir tremble d'impatience. *Our papa has disappeared*, crient les enfants qui ne parlent pas allemand. Leur père est heureux de les tenir éloignées du nœud de ses origines. Parfois seulement, la nuit, il éprouve soudain le désir de parler allemand avec ses enfants. Au réveil, il est alors pendant quelques heures animé des meilleures intentions, qui se brisent sous le poids de la rigidité hivernale de son existence. La torture de ne plus parvenir à se concentrer. L'incapacité de vivre une minute de concentration. Comme s'il se tenait en dehors de sa vie et regardait la ligne droite devenir de plus en plus floue. De cela, il n'est possible de parler avec personne. Et même si quelqu'un lui disait j'éprouve exactement la même chose, cela ne pourrait en rien l'aider. Il s'est trahi lui-même ou a trahi quelque chose à tout jamais. Il devient dur et amer dans cette certitude. Il boit. La nuit devient le temps qui lui appartient. Pas un temps du repos, pas un temps du plaisir, devenu solitaire, c'est une affaire vite réglée. Pas un temps du travail, il ne fait plus rien. Lui qu'entourent des possibilités de toutes sortes, il fait l'aveugle et en revient au désir de fuite de son enfance, à la torture d'une nostalgie sans nom. Elle est pesante et il l'érige comme un bâtisseur de cathédrale. Il voulait des garçons, le voilà entouré de filles, comment lui serait-il alors possible de célébrer ses grands-messes de l'ascèse, autour de lui tout n'est que pleurnicheries et sentiments exubérants. Il est mal couché dans cette chaleur domestique qu'il a pourtant créée lui-même avec en surface sa faim d'êtres humains. Elle l'avait mis en garde, la jeune mère de demain, il lui a fermé la bouche en prononçant de sages paroles emplies de néant, disant que celui qui est prêt à jouer doit être prêt à tout. Il ne proférait pas de formule vide en s'exprimant ainsi, ne cherchait pas à la conquérir par des chuchotements mensongers, et pourtant : est-il prêt à tout ? Il le pressent maintenant, il n'est prêt à rien du tout. Comment donc en les tenant par leurs petites mains chaudes guider ces enfants, et celle qui s'appelle sa femme et sombre dans la solitude dans laquelle il est depuis longtemps englué ? C'est la solitude des gares, celle d'un grand-père avant qu'il se précipite dans le vide, celle d'un assassin à l'enterrement de sa victime, la solitude d'un prêtre dont l'autel tombe en ruine, la solitude de celui qui se consume à la froide lumière du Nouveau Monde. Et cependant, cette vie engloutit tout, êtres et choses, comme l'océan qui lui non plus ne se montre pas regardant quand il s'agit de choisir ses victimes. Se noyer, chacun en a la liberté, c'est cette liberté tant louée de sombrer selon son bon plaisir ou déplaisir, selon son goût ou dégoût. Sa femme remarque te voilà à nouveau en train de ruminer, ce n'est pas ça qui va nous faire avancer. Elle a raison, il ne constate aucune progression, bien sûr, il accomplit quelque tâche, récolte une journée de tiédeur, ils vivent au jour le jour. Il y a beau temps que son ambition est devenue fantaisie qui fait fausse route, son amour de la littérature est coincé dans sa gorge comme un relent d'ail. Ils sont au restaurant grec en compagnie d'amis, ils boivent des bouteilles et des bouteilles de Santa Laura, la naissance de l'enfant est imminente, la mère ne boit pas, pour l'enfant, et dans l'ivresse tardive ils se mettent d'accord sur le prénom de l'enfant à naître, si c'est un garçon… si c'est une fille… Ils rentrent à la maison, ils font l'amour, un prénom flotte à tout hasard et au petit matin la femme enceinte éveille le père qui a la gueule de bois, elle parle d'une voix qui exprime presque de la gêne, elle murmure doucement dis, je crois que ça y est. Au début, il ne sait pas de quoi elle parle, il sombre et se rendort aussitôt, elle doit le réveiller à nouveau, s'y reprendre à plusieurs fois, avant qu'il la conduise, ni lavé ni coiffé, une haleine qui empeste le Santa Laura, à la clinique. Maintenant, il maudit le nom qu'ils ont trouvé hier, dès qu'un mot surgit, il ne le sait que trop bien, ce mot cherche sa réalité. Un nom appelle celui qui le porte, la prévision des médecins n'a plus aucun pouvoir, seule compte l'impatience du mot. Un jeune médecin, un Pakistanais, examine la parturiente, remarque l'état d'agitation du père, le renvoie chez lui, ça n'est pas pour tout de suite, commencez par dormir, lavez-vous, ça peut durer jusqu'au soir, il n'y a vraiment pas d'urgence. Quand la sonnerie du téléphone le réveille, il est déjà midi passé, il parvient à grand-peine à s'arracher à ce sommeil véritablement possédé, c'est le médecin lui-même qui est au bout du fil, il lui dit dans son anglais à peine intelligible que l'enfant a eu des problèmes d'oxygénation, il a fallu décider en urgence de pratiquer une césarienne, tout s'est naturellement bien passé, l'enfant est là, une petite fille. Toujours pas lavé, pas rasé, le père se précipite à la clinique, la mère est encore en salle d'opération, on en sort à l'instant même l'enfant dans une boîte en verre, cette enfant n'a pas les yeux collés, fermés, mais grands ouverts, très lucides, ils le regardent, lui qui n'est pas lavé, penché très loin au-dessus d'elle et la dévisageant. Voici donc cet instant unique, voici son enfant, qui attend de lui tant de choses, lui, le père. Cette rencontre dans le couloir a duré à peine une minute, l'infirmière pousse le caisson en verre et s'éloigne, non, il ne peut pas venir, pas pour l'instant. Le monde est régi par un système de lois qui l'écrase sans cesse, mais il ne se révolte pas. Silence. La jeune mère dort elle aussi, il ne faut pas la déranger, non seulement il se sent de trop, mais il l'*est* réellement, il le sait et pousse un soupir de soulagement. Un père, voilà tout, il n'est pas rare que les pères se voient attribuer des noms qui ne conviennent pas, il n'est pas rare qu'ils soient assassinés par leurs enfants. Il faudrait qu'il s'accommode de son rôle de figurant. Il quitte l'hôpital, édifice en briques rouges de l'indifférence à la souffrance, à la vie, à la mort, et la chaleur écrasante de cette journée de juillet lui saute au visage. Jusqu'à maintenant, il ne l'avait pas perçue, ses déplacements se sont déroulés dans une trop grande hâte, mais maintenant que la tension a diminué et que son horizon s'est élargi, augmenté de cet être nouveau qui lui est proche, d'une inexprimable proximité, ses sens sont aussi beaucoup plus aiguisés qu'ils ne l'ont jamais été. Il a certes en dormant manqué les instants dramatiques que son angoisse recherchait avec passion depuis des mois, il n'a été d'aucun secours à la jeune accouchée, mais maintenant, il voit, entend et sent mieux les odeurs. Nouveau-né, lui aussi. Quand il traverse le parking, les gaz d'échappement des voitures lui lèvent le cœur, voilà donc le monde puant dans lequel son enfant est né, les papillons près du buisson en fleurs le font chanceler, c'est donc dans cette torturante diversité que son enfant est né, et le vrombissement d'un avion au-dessus de lui le transperce jusqu'à la moelle, c'est sous ce ciel déchiré que son enfant a été mis au monde. Le monde n'a vraiment pas de place pour ce bébé, mais c'est un non-sens, on peut agrandir le monde. Il voudrait se réjouir et lance un juron, il se mord les lèvres, il faut tout de même qu'il parvienne à *ressentir* quelque chose ! Il *doit* se réjouir. Il pleure. Il ne pleure pas sans bruit, il est secoué de gros sanglots, un des gardiens du parking se dresse soudain derrière lui et demande d'un ton de compassion : un décès ?

Mentir, avoir des enfants, pleurer en se dominant, faire sauter des ponts, on acquiert en toutes choses une certaine routine. On se ressaisit, on retourne auprès de la mère qui se réveille doucement de l'anesthésie. Main prise mollement, baiser sec. Une petite fille, bravo. La jeune mère pâle et belle, et l'enfant lui appartient. On le lui abandonne volontiers, pour être libéré de la contrainte de devoir construire un chemin menant du père assassiné à la mère solitaire à la fuite à l'arrivée provisoire dans ce pays et dans ce mariage dans cet hôpital. Il n'y a plus de virginité, tout dorénavant est répétition, variation sans l'art de la fugue. Cet enfant appartient à une autre langue, avec le temps il dira *grandfather, grandmother*, mais du ton de la légende, de l'indifférence légère du jouet. Une petite sœur vient les rejoindre, chœur suave de l'incrédulité, et leur père, c'est ce que pensent les enfants, est vraiment tout à fait gentil, à part son incorrigible accent étranger et cette pénible tendance à parler toujours d'*avant* et de *là-bas* comme si cela intéressait qui que ce soit. Les contes de papa, il n'est pourtant pas si vieux que cela ! Les enfants se trompent, leur père est vieux, il a tout comme le poète Baudelaire vécu trois minutes en une seule. Sa mère vient leur rendre visite, ce long voyage l'enthousiasme, la voilà elle aussi dans le Nouveau Monde, elle n'arrive pas à y croire, elle ne peut pas parler à ses petits-enfants, elle ne fait plus allusion à son peintre, on se sourit d'un air gêné. Là aussi, on acquiert de la routine, et en outre, celui qui parlerait encore d'éloignement, sa place n'est pas dans notre temps. Certes, le père prodigue lui non plus ne vit pas dans le présent, il a anticipé sur l'avenir avec sa vie pleine de désirs et de fractures. Il a partagé l'avenir avec son moi double, avec l'éternelle contradiction de sa meilleure compréhension, qui ne peut que couper en deux toute attente. Il est prévenu, il ne faut plus jamais qu'il reçoive des gens avec insouciance, l'étranger en costume trois-pièces, veste noire et gilet gris, pourrait se présenter à nouveau, ici comme partout ailleurs, et insulter habilement tous les invités dans toutes les langues. Il faudrait éviter sa visite au moins à la mère. Il pourrait revêtir ce qui est clair de couleurs sombres et parler à des personnes non autorisées des morts de l'assassin, il ne s'est en effet pas contenté de son oncle, ce n'était là qu'un commencement, un matin obscur, qu'en est-il des noms oubliés, l'étranger n'en a oublié aucun, qu'en est-il des enfants avortés, des dettes impayées, il pourrait déclarer infâme le vin qui plaît à chacun, appeler le scandale et la honte, il pourrait anéantir la belle apparence, noter sur une feuille les adresses précieuses de cette fuite et la brûler dans la cheminée, on n'est pas en sûreté devant cet étranger, on demeure un lâche et un peureux depuis la soirée à la Maison Kammerzell. On ne trouvera le salut qu'en faisant preuve de sagesse, pas de nom à la porte, exiger de l'administration des télécommunications d'être sur liste rouge, ne pas se faire remarquer, vivre comme monsieur Tout le monde, au fond du cœur le chaos, la haine cachée de l'ordre bourgeois, et ce passé irréprochable établi par la bureaucratie. Que l'on vienne seulement demander un extrait de casier judiciaire, on n'a pas peur de ce document dont l'authenticité est incontestable, au fond l'étranger est un salaud, un terroriste, peut-être est-il aussi un ange vengeur et quelle injustice dans une justice qui ne permet pas de mettre en accusation un moi double, qui ne nous autorise pas à jeter la partie adverse en prison, de la coller au mur, faute contre faute ?

Dans ce monde tangible de la terreur quotidienne, la limousine du double ne stationne que trop souvent devant la maison. La voie privée, c'est ce que découvre le citoyen, demeure toujours dangereusement publique, pas de portail, pas de barrière qui changeraient la situation, et qui sait comment les enfants sont susceptibles de réagir à une telle visite ? Ce monsieur inconnu, il suffit de penser à Strasbourg, est excessif et mal élevé comme ne l'est en dehors de lui qu'*une seule personne.* Dans la salle de bains, on regarde dans la glace, et c'est de lui que l'on a peur. Une fois pour toutes, lui parler à cœur ouvert, l'idée ne vient même pas. Et même si l'on tentait de mener cette conversation, l'autre refuserait de répondre, c'est une chose certaine. Au cours de l'été, l'assassin et père, puisque aussi bien il y a prescription, revient désormais volontiers dans la ville de son crime. Il joue pour ses enfants et pour sa triste épouse le guide pour touristes. Il les mène tous dans la maison solitaire de sa solitaire mère et célèbre l'été comme ultime élan vers la vie. Mais il les traîne aussi jusqu'aux cimetières de la ville et leur montre les tombes qui sont *les siennes*, suivant un itinéraire de visite parfait. Il a repris celui de sa mère qu'il étend de façon inouïe. La manière dont il fait cela relève de la haute stratégie, il est l'élève le plus parfait de son propre passé. Voyez ici Sonia la douce, blottie contre le mur du cimetière, née le même jour que moi, mais hélas morte dans sa dixième année, elle fut étendue et ensevelie dans un cercueil bleu, jamais je n'oublierai l'adieu qui lui fut fait, ici gît Joanna, dont le nom dans la mort s'écrit sans le H que chacun lui accordait dans la vie, Johanna, la seule qui intercédât pour mon amour unique, ne demandez rien, pas maintenant, elle avait un visage aimable, elle a bien entendu mis fin à ses jours, comme tous les êtres de valeur, et ici dort Wolfgang, garçon intelligent, trop peut-être, c'est ce que l'on disait alors, il s'est précipité du haut du Mönchsberg, mort volontaire lui aussi, et à côté de lui Reinhard, son frère si doux, dont je fus un temps amoureux, si jeunes tous deux, comme s'ils s'étaient appelés l'un l'autre, mais venez donc, mes chéries, un peu plus vite, ici reposent les parents de Georg Trakl, le poète, vous savez combien parents et enfants peuvent passer à côté les uns des autres, on a peine à le croire. De l'autre côté c'est mon grand-père et sa Cécile, triste histoire mais qui souvent prêta à rire, et vous ai-je parlé de mon oncle Karl, il repose juste à côté, un jour, je lui avais arraché sa pipe et me suis enfui en courant dans le jardin de la brasserie qui connaissait l'affluence d'un dimanche, gamin de quatre ans arborant une pipe, lui me court après, je me faufile en passant sous les tables et une centaine de gens se mettent à rire, mais n'en parlons pas, il y a si longtemps, en même temps ce n'est pas si loin, car quand on regarde derrière soi, cela paraît toujours proche, dix ans, ce n'est rien, et s'ils ne représentent *rien,* alors cent et mille ans ne seraient rien non plus, parce que si on multiplie quelque chose par rien, cela ne donne jamais que rien, donc surtout pas trop de respect devant le temps, mes enfants, et ici se trouve Regina, déjà morte depuis presque aussi longtemps qu'elle a vécu, mais qu'ai-je justement dit à propos du temps ? Je vous parlerai d'elle à l'occasion, je l'aimais bien, en ce temps-là, j'étais plongé dans un univers de timidité, elle faisait l'école buissonnière pour moi, Regina, et tout à côté dort mon maître, mon professeur d'allemand, mon esprit tutélaire, mais nous voici enfin arrivés auprès de l'oncle, il repose là, dans son dos le massif d'Untersberg, je suis absolument certain qu'il a trouvé le repos, ce rosier, sur sa tombe, vient de son jardin, planté de ses mains, c'est ma mère qui l'a transplanté, cet oncle qui est pour moi le plus important au monde, mes chères enfants, comment lui dire que je regrette, comment lui prouver mon amour qui a dû prendre le chemin du meurtre, non, pas qui a dû, les choses ne sont pas si simples, la culpabilité ne peut pas ainsi être balayée, mais quand il m'arrive, bien rarement, de prier, je m'adresse à mes morts : vous qui êtes mes morts, bénissez-moi… c'est comme ça, quelle folie, mais assez, partons, le soir tombe, l'auto nous attend, et il y a aussi en ville une pâtisserie qui nous attend avec ses gâteaux et ses glaces. Ces détresses exprimées en anglais ne sont pas anodines, elles épuisent. Et si les êtres qu'il a ainsi perturbés balbutient des questions, ce ne sont que des questions polies, bien entendu, et la réponse importe peu. Le père, confus, voit ses filles dans leurs jolies robes aux vives couleurs quitter d'un pas dansant le cimetière. Elles ont part à ces morts et ne comprennent pourtant rien, mais il s'en rend compte, lui non plus n'y comprend pas grand-chose. Quand il joue à cache-cache avec elles, il se cache si habilement qu'il n'est plus du tout là.

BIBLIOTHÈQUE ALLEMANDE
dirigée par Nicole Bary

Fritz Rudolph FRIES
Les Nouveaux Mondes d'Alexandre

Gerhard KÖPF
La Chouette, le Facteur et le Perroquet
Le Fou de Hemingway

Angela KRAUSS
A tire-d'aile

Elisabeth REICHART
Viens, traverse le lac

Stephan HEYM
Chronique du Roi David

Christoph HEIN
La Mise à mort
Le jeu de Napoléon
Willenbrock
La Fin de Horn
L'Ami étranger

Herta MÜLLER
La Convocation

Christoph PETERS
Hanna endormie

Galsan TSCHINAG
Ciel bleu
Le Monde gris
Vingt jours et un

Impression réalisée sur CAMERON par

BUSSIÈRE CAMEDAN IMPRIMERIES

GROUPE CPI

à Saint-Amand-Montrond (Cher)
en mars 2002

N° d'édition : 2015001. — N° d'impression : 021433/1.
Dépôt légal : avril 2002.

Imprimé en France